Rose Valland,
l'espionne à l'œuvre

DES MÊMES AUTEURES

Jennifer Lesieur

Jack London, Tallandier, 2008 ; Libretto, 2012.
Patti Smith, Le Castor astral, 2009.
Amelia Earhart, Grasset, 2010.
Mishima, Gallimard, 2011.
Alexandra David-Néel, Gallimard, 2013.
Dictionnaire insolite de la Suède, Cosmopole, 2018.
Tu marcheras dans le soleil, Stock, 2019.
Passage du cyclone, Stock, 2022.
Dans les bois, nos racines, Arthaud, 2022.

Emmanuelle Polack

Ouvrages scientifiques :

Le Marché de l'art à Paris sous l'Occupation [1940-1944]. Bertrand Dorléac, Laurence (préf.). Paris : éditions Tallandier, février 2019. Réédition, format poche, collection Texto, août 2021.

Ed., *Le Front de l'art de Rose Valland*. Paris : Éditions de la RMN, février 2014.

Co-écriture, Dagen, Philippe. *Les Carnets de Rose Valland*. Le pillage des collections privées d'œuvres d'art en France durant la Seconde Guerre mondiale. Paris : Fage éditions, collection Varia, octobre 2011. Réédition en 2019.

Ouvrages jeunesse :

Mila Racine. Bruxelles : Casterman, collection Femmes en Résistance, mars 2016.

Berty Albrecht. Bruxelles : Casterman, collection Femmes en Résistance, mars 2015.

Sophie Scholl. Bruxelles : Casterman, collection Femmes en Résistance, octobre 2014.

Amy Johnson. Bruxelles : Casterman, collection Femmes en Résistance, septembre 2013.

Rose Valland, Capitaine Beaux-Arts [bande dessinée]. Bruxelles : Dupuis, novembre 2009.

Rose Valland, l'Espionne du musée du Jeu de Paume. Nantes : Gulf Stream, octobre 2009.

Jennifer Lesieur

Rose Valland, l'espionne à l'œuvre

Postface d'Emmanuelle Polack

Robert Laffont

Photo de couverture : © Archives du ministère des Affaires étrangères, fonds de la Récupération artistique, 209SUP/1025_193

ISBN : 978-2-221-26947-3
Dépôt légal : mai 2023
Éditions Robert Laffont – 92, avenue de France, 75013 Paris

L’ogre et les madones

Un fourmillement nerveux précéda son arrivée.

Le 3 novembre 1940, des soldats allemands vidèrent 400 caisses déposées l’avant-veille au musée du Jeu de Paume. Elles contenaient des toiles de maîtres par centaines, des sculptures, des meubles, des tapis et tapisseries, des objets précieux qui furent disposés, en un jour et une nuit, dans les espaces du bâtiment. L’accrochage fut rapide, précis, dans une agitation que les musées, en temps normal, ignorent. Au bout d’une centaine d’allers-retours entre l’entrée et l’étage, le mouvement ralentit, s’arrêta, et le silence revint. Jamais exposition n’avait été plus vite mise en place. Jamais le Jeu de Paume n’avait vu une telle profusion de chefs-d’œuvre.

Le matin venu, le maître des lieux passa en revue les salles de son seul œil valide, mains derrière le dos, un sourire satisfait aux lèvres. Le baron von Behr, un nazi de haute taille, sanglé dans un grand uniforme de la Croix-Rouge allemande, n’y connaissait pas grand-chose en art, mais assez pour deviner la qualité de l'ensemble. Pas de doute, son équipe avait bien travaillé.

Puis on attendit.

Enfin, une berline noire fit crisser le gravier devant l'entrée. Un ordre claqua, les sentinelles armées se figèrent au garde-à-vous. Une masse énorme s'extirpa gauchement de la portière arrière. La mine bonhomme, vêtu d'un manteau trop long qui élargissait encore plus sa silhouette, coiffé d'un chapeau informe, le Reichsmarschall Goering tendit une main potelée à celle, sèche et ferme, du baron, incliné en profond respect. Ils franchirent la porte, et le numéro 2 du Reich laissa échapper un grognement d'aise.

Il y avait là tout ce qui répondait à ses goûts. Il déambula, ravi, entre les peintures hollandaises et françaises, les commodes en acajou, les pendules précieuses. L'ogre Goering, commandant en chef de la Luftwaffe, ancien héros de guerre convaincu du bien-fondé du nazisme, s'émouvait devant des joues flamandes, des tendresses de maternités, des brouillards d'aube. Lui qui se présentait comme un « homme de la Renaissance », guerrier et esthète à la fois, trouvait là de quoi orner ses palais. Il avançait lentement, ses pas lourds et ceux de son escorte étouffés par les tapis grenat – eux aussi lui plaisaient bien. Von Behr l'invita à prendre en main tout ce qu'il souhaiterait. Les gros doigts couverts de bagues se saisirent de l'un de ces petits tableaux qu'il aimait tant, représentant une partie de chasse.

Oui, celui-ci, il le lui fallait. Et celui-ci. Et celui-là, également.

À l'écart, presque invisible, une femme observait la scène. Elle suivait le groupe à distance raisonnable, mais personne ne prêtait attention à cette ombre mince, à ce visage sans coquetterie derrière des lunettes cerclées d'acier. Elle était pourtant la seule Française présente dans ce bâtiment réquisitionné par les nazis, qui accueillait aujourd'hui l'homme le plus puissant d'Europe – après Hitler bien sûr. Tant mieux : il ne fallait pas qu'elle se fasse remarquer. Surtout pas. Elle se contenta de regarder, en enfonçant ses ongles dans ses paumes.

Écarlate, vibrant d'excitation, Goering resta tout l'après-midi, ponctuant sa visite de grands coups de menton, d'exclamations admiratives, de félicitations. Son regard brillait d'énormes désirs exaucés, à défaut d'être assouvis. Champagne ! Les soldats apportèrent des bouteilles ruisselantes dans des seaux à glace, que l'on posa entre les madones et les cendriers pleins de cigares mâchés. Ils trinquèrent : au Führer, à la grandeur de l'Allemagne nouvelle, à leur invincibilité. Et à Paris, à tout ce que cette ville à leur botte leur offrait ! Les effets du champagne amplifièrent leur sentiment de toute-puissance.

Dans la précipitation, on n'avait pu accrocher toutes les œuvres enfouies dans les caisses. Goering manifesta son désir de revenir contempler le reste. On l'accueillit à nouveau le surlendemain, avec le même manège, pour lui permettre de finir son marché. N'était-ce pas pour cela qu'il était venu ?

Toutes ces merveilles pour le Führer ! s'exclamait-il, en songeant à ce qu'il garderait pour lui-même. Après avoir longuement contemplé *L'Astronome* de Vermeer, il réfréna son envie : celui-ci serait offert à Hitler, il en rêvait depuis si longtemps.

Goering donna l'ordre de transporter dans son train personnel 27 tableaux inestimables, dont un Rembrandt et un Van Dyck. Ainsi que quelques meubles, sculptures et vitraux pour décorer son domaine de Carinhall, au nord de Berlin, qu'il agrandissait au fur et à mesure de ses acquisitions. Il s'était déjà largement servi dans les pays précédemment conquis, en Pologne, en Hollande. Mais Paris le comblait au-delà de ses espérances. C'était là que se trouvaient les plus belles collections privées d'Europe, et on les lui mettait aujourd'hui à portée de crocs, avec des courbettes et des compliments.

Ce que Goering emportait ce jour-là, de cet arrivage soudain au Jeu de Paume, provenait des collections d'Édouard et Maurice de Rothschild, de Georges Wildenstein et de la famille Seligmann, grands amateurs et marchands d'art juifs récemment dépouillés par les nazis. Certaines salles semblaient reproduire leur galerie, leur hôtel particulier ou leur appartement privé, où tout aurait été mélangé en hâte.

À la fin de la journée, le Reichsmarschall et sa suite repartirent dans leur berline, non sans un dernier coup d'œil à la façade du Jeu de Paume, ce lieu qu'ils considéraient leur, comme tout ce qu'il abriterait dans les années à venir. Ils devaient bien le reconnaître : certains ennemis du Reich avaient bon goût.

La femme invisible était toujours là. Impuissante, elle avait assisté à ce rapt en redoutant déjà les suivants, ici même, dans son musée où flottait encore l'odeur du cigare froid et des souffles lourds, son musée qui venait d'être souillé.

Elle s'appelait Rose Valland, et elle apprit ce jour-là à hurler en silence.

Sortir des cadres

Tandis que Goering s'offrait un festin au Ritz pour célébrer sa moisson, Rose Valland quitta les Tuileries le cœur lourd. Elle pédala dans la nuit froide, évita la rue de Rivoli et ses oriflammes géantes frappées de la croix gammée, traversa la Seine et roula jusqu'à son petit appartement du Quartier latin. Une fois chez elle, elle accrocha son manteau à contrecœur et garda son écharpe. Son haleine formait encore de la buée dans le salon obscur. Elle se prépara une casserole frugale avec ce que lui permettaient ses tickets de rationnement, pauvres ingrédients pesés au gramme près, dans un pays où l'abondance régnait avant l'avènement des ordres, des uniformes, des contrôles de papiers. Le manque de calories se faisait davantage sentir avec le refroidissement de l'automne, irritait les nerfs. Elle avala son repas face à sa fenêtre, sans appétit.

Ces arrivages de trésors et ces visites officielles, le sourire en V et l'œil cannibale du rubicond Goering, n'auguraient rien de bon. Ce qui réjouissait les nazis lui flanquait la nausée. Elle enrageait de devoir faire profil bas, celui d'une vaincue, devant eux. De toute façon, son rôle n'avait jamais été clair dans ce musée où elle était attachée de conservation depuis huit ans. Une place précaire, bénévole, peu courante pour une femme d'extraction modeste comme elle. Mais Rose s'était écartée de l'ordre établi depuis qu'elle avait quitté son Dauphiné natal pour intégrer les Beaux-Arts à Paris. Les grands mouvements de son époque, alliés à son tempérament, avaient dévié son chemin à temps.

Elle ne parlait jamais de son enfance, ou si peu. Elle avait longtemps été la petite Rosa-Antonia, née le 1er novembre 1898, fille unique de François, maréchal-ferrant, et de Rosa-Maria, qui tenait la maison avec poigne. Elle avait été une élève brillante et appliquée, à l'école normale de La Côte-Saint-André. À 16 ans, alors que la Grande Guerre éclatait, elle avait été reçue première au concours des bourses de l'Isère, ce qui lui avait permis de poursuivre ses études à Grenoble. À une époque où l'on préférait une femme éduquée à une femme instruite, c'était déjà une avancée remarquable pour une jeune fille de son milieu. Mais les choix de carrière restaient rares, et elle s'était inscrite à l'école normale pour devenir institutrice, sans vocation particulière. Elle s'intéressait bien plus à l'art.

Adolescente, elle s'extrayait de son univers austère pour un autre monde qui ne tarda pas à l'absorber : celui du dessin, de l'aquarelle, de la peinture. Un bâton de fusain, un pinceau faisaient naître des figures, des animaux, des plantes, et c'était tout un pan inconnu qui s'ouvrait à elle. Une beauté à portée de main, posée sur le papier ou la toile, que l'on pouvait retoucher à l'infini, ou garder telle quelle, allégeant l'esprit, réchauffant les rigueurs de l'hiver.

Elle avait alors intégré les Beaux-Arts de Lyon, puis les Beaux-Arts de Paris, où elle avait été reçue sixième sur plus de 300 candidats à l'examen pour enseigner le dessin dans les lycées et écoles normales. Mais là encore, elle avait senti qu'elle n'était pas faite pour la pédagogie : elle préférait apprendre qu'enseigner.

Quand elle était arrivée à Paris en 1922, à 24 ans, le traumatisme de la Grande Guerre était encore vif, et toute une génération y répondait par une fièvre de fête, de nouveauté et de liberté. Dans les cafés de Saint-Germain-des-Prés et les cabarets transformistes de Pigalle, on se grisait de sons venus d'ailleurs, du rythme du jazz et du glissement chaloupé du tango, érotisant les corps. Les artistes étrangers, peintres espagnols, écrivains américains, chorégraphes russes, venaient s'installer à Paris pour donner libre cours à leur création, sans craindre la censure.

Un peu grisée par le contraste brutal d'avec sa vie provinciale, Rose s'immergea dans ces Années folles qui la bousculaient et l'attiraient à la fois. Elle s'étourdit dans le bruit perpétuel des rues et des foules, parcourut les musées et les galeries jusqu'à ne plus tenir debout. Elle admirait les toilettes des Parisiennes, leurs chapeaux-cloches, leurs robes raccourcies qu'elle ne pouvait se permettre, et qu'elle n'aurait de toute façon pas osé porter. Seuls ses cheveux courts, une audace en Isère, lui donnaient l'illusion d'être à la mode ici, et elle en tirait une timide fierté, une infime assurance. Même si bien des écoles et des professions restaient fermées aux femmes, elle sentait un vent tourner en leur faveur. Elles avaient gagné un rôle social croissant depuis la guerre, elles demandaient même le droit de vote !

Avec ses camarades des Beaux-Arts, Rose se laissa entraîner dans une bohème heureuse. Ils étaient enflammés par le surréalisme : Breton avait fait voler en éclats les codes de l'académisme ; Max Ernst, Dalí, Miró, Man Ray puisaient désormais dans l'onirisme et l'irrationnel pour nourrir leur art. Elle explorait ces nouvelles projections de l'esprit, attirée malgré elle vers ces refus de la morale dont elle était imprégnée. Elle qui avait mis tant de soin à peindre une fleur, une main, une posture classique voyait son jugement heurté par cet éclatement des formes, des couleurs et des proportions. Et cette hardiesse infusait lentement dans son inconscient, la détachant des conventions de son milieu d'origine, dont elle s'éloignait sans l'avoir cherché.

Parfois, dans l'un de ces cafés où Rose écoutait ses amis faire mine de démolir Delacroix et de juger Cézanne dépassé, elle croisait un regard, baissait les yeux, ne pouvait s'empêcher de regarder à nouveau et finissait par détourner la tête en rougissant. Ce manège se répétait, et il fallait bien du courage pour engager une conversation avec cette jeune fille aux yeux noirs, ou cette blondinette espiègle, et revoir l'une ou l'autre, plus tard, sans les autres. Les conventions s'envolaient, certes. Mais celle-ci ?

Le soir, saturée d'impressions, Rose rentrait dans sa petite chambre de bonne et lisait un roman sulfureux dont tout le monde parlait, *La Garçonne* de Victor Margueritte, en enviant cette Monique qui menait sa vie sentimentale comme elle l'entendait. Si à la fin du roman la libertine se mariait pour fonder un foyer, Rose pressentait qu'elle connaîtrait un autre destin.

Tiraillée entre son éducation stricte et des aspirations plus vastes, encore vagues, elle attendait l'étincelle, et avait eu le cœur serré devant *Les Amants* de Magritte, qui s'embrassaient à travers un drap couvrant leur visage.

Elle aurait aimé faire partager ces bouleversements à sa famille, dans son village natal de Saint-Étienne-de-Saint-Geoirs, mais l'écart était déjà trop grand. Elle envoyait des lettres innocentes à son père forgeron, à sa mère femme au foyer qui l'avait pourtant davantage poussée aux études qu'au mariage. Même ses cousins préférés, Adrien et Marguerite, n'auraient pas compris la fièvre qu'elle pouvait ressentir devant ces dissonances de sons et de couleurs qui emplissaient les cabarets et les galeries. Elle se contentait de nouvelles sur sa bonne santé, sur les premières fleurs des cerisiers au printemps, avec d'affectueux baisers.

Sa mère empruntait parfois un long trajet en train pour lui rendre visite, inquiète de savoir sa « Rosette », sa fille unique si sage, fréquenter ces milieux artistiques dont l'énergie créatrice, vue d'Isère, apparaissait comme le summum de la débauche. Mme Valland était aussi horrifiée par les automobiles que par les cheveux courts de sa fille. Pour la rassurer, Rose l'emmenait dans des salons de thé feutrés, et au théâtre le soir pour écouter chevroter du Racine ou du Molière. Si sa mère avait su qu'au Casino de Paris une étonnante beauté noire faisait tourner les têtes en dansant avec une ceinture de bananes !

Mme Valland pouvait du moins être rassurée sur un point : Rose restait l'élève studieuse qu'elle avait toujours été. À 26 ans, alors que la plupart des femmes de son âge étaient déjà mariées et mères, une frénésie d'apprendre la poussa à prolonger ses études. Outre son cursus aux Beaux-Arts, elle s'inscrivit à l'École du Louvre et à l'Institut d'art et d'archéologie de l'université de Paris, rédigea une thèse sur « L'évolution du mouvement dans l'art jusqu'à Giotto », en commença une autre sur « Les fresques de la crypte d'Aquilée à la fin du XIIe siècle » à l'École des hautes études d'archéologie chrétienne et byzantine, et sortit diplômée de l'Institut d'art et d'archéologie avec une longue liste de prix.

Être brillante ne suffisait pas pour ouvrir une carrière à une jeune provinciale réservée. Rose gagnait tant bien que mal sa vie en donnant des cours de dessin, en écrivant des articles dans des revues artistiques et des journaux de sa région. Juste assez pour vivre modestement, et voyager en Italie et en Angleterre pour approfondir ses connaissances.

En 1932, elle avait enfin poussé les portes du Jeu de Paume, alors appelé « musée des Écoles étrangères contemporaines », pour prendre un poste d'assistante où elle attendrait presque dix ans sa titularisation. La même année, sa mère mourut. Son père était décédé six ans plus tôt ; ces deux disparitions soudaines scellèrent son indépendance, et sa solitude. Un petit héritage lui permit d'acheter l'appartement qu'elle garda jusqu'à sa mort, au 4, rue de Navarre, entre les arènes de Lutèce et le Jardin des Plantes.

Le Jeu de Paume remplaçait fort bien un mari, ou toute autre question de convenances. Le lieu détonnait parmi les autres musées parisiens, en organisant des expositions audacieuses, à la pointe de l'avant-garde. Si les Beaux-Arts l'avaient déjà initiée, Rose eut la joie de faire connaître à son tour ce nouveau monde. Son directeur, André Dezarrois, lui faisait confiance comme à une conservatrice à part entière. Elle rencontra des artistes venus de toute l'Europe, apprit l'anglais et des rudiments d'allemand, rédigea les textes des catalogues, pensait l'emplacement de chaque œuvre avec des correspondances que seul un œil d'artiste pouvait saisir. Elle organisa une quinzaine d'expositions, dont l'une, sur l'art letton, lui valut une distinction, l'ordre des Trois Étoiles de Lettonie. Après sa formation classique, cette plongée dans l'art moderne lui donna le sentiment de pénétrer davantage dans le mystère de l'image, d'élargir son pouvoir d'évocation. Pendant ces années trente où la crise économique avait un peu ralenti la frénésie des Années folles, sa mémoire photographique s'enrichit d'un panorama complet d'une histoire de l'art dont elle suivait l'évolution avec passion.

Dans ces mêmes années trente, en Allemagne, des expositions de propagande montaient le public contre cet art moderne. Depuis l'arrivée au pouvoir de Hitler, le parti nazi, qui semblait vouloir gouverner jusqu'aux consciences allemandes, condamnait ce qui n'entrait pas dans les normes académiques. Pour Goebbels, le ministre de la Propagande, et ses sinistres sbires, l'immense champ des possibles ouvert par les créations contemporaines n'était que de l'art « dégénéré ». Des projections délirantes issues de cerveaux malades, accusées de pervertir par contagion visuelle la pureté de l'âme aryenne. Des abominations vouées à la destruction.

C'est alors qu'André Dezarrois fut mobilisé, précipitant le destin de son attachée. En septembre 1938, Jacques Jaujard, le sous-directeur des Musées nationaux, convoqua Rose. Il la reçut dans son bureau au Louvre, dont les fenêtres donnaient sur la Seine. Distingué, courtois, cheveux lustrés et joues creusées, Jaujard avait l'allure d'un acteur jouant le rôle d'un haut fonctionnaire. Il s'adressa à Rose sans la condescendance dont elle faisait parfois l'objet dans ce milieu très masculin. Il discerna bien vite le sérieux et le sang-froid de cette célibataire aux airs d'institutrice. Lui non plus ne croyait pas à la confiance par la séduction. L'instinct lui suffisait. Jaujard chargea Rose de remplacer Dezarrois au Jeu de Paume. Elle serait responsable du bâtiment et de ses collections. Ce n'était pas une mince responsabilité : elle devrait probablement les sauver de l'anéantissement.

L'anéantissement ? Rose vit ses craintes se confirmer. Depuis l'Anschluss et de fausses promesses de paix, les menaces de guerre s'intensifiaient. Le ministre Jean Zay avait commencé à élaborer un plan d'évacuation des œuvres d'art, au cas où les combats éclateraient en France. Jacques Jaujard, qui avait déjà procédé à l'évacuation du Prado de Madrid, au début de la guerre civile espagnole, fut naturellement désigné comme grand ordonnateur du plan. Des itinéraires furent tracés, des listes de cachettes établies : châteaux, abbayes, monastères, assez vastes pour contenir des volumes importants, assez en retrait des grosses villes et des points stratégiques, assez solides pour résister aux bombes, aux incendies et aux inondations.

La signature des Accords de Munich interrompit ces préparatifs et allégea l'angoisse de la première détonation, pour un court répit. En août 1939, quelques jours avant que la France déclare la guerre à l'Allemagne, commença pour de bon le colossal exode des musées parisiens. Rose était prête à sortir de son cadre étroit au Jeu de Paume, et à allumer la mèche qui embraserait enfin son univers.

Le Louvre en fuite

Le 28 août 1939, à l'aube, huit camions quittèrent la cour carrée du Louvre, puis Paris, en direction de la Loire. Un curieux cortège de nymphes, de guerriers, de dieux antiques et de chérubins potelés prenait la fuite incognito. La *Joconde* bringuebalait dans une obscurité capitonnée, au rythme des virages et des nids-de-poule. Jacques Jaujard, désormais à la tête des Musées nationaux, dirigeait le convoi, résolu à accompagner les milliers de chefs-d'œuvre publics dont il avait la charge jusqu'à leur refuge. Il avait fermé le Louvre l'avant-veille, et ordonné dans la foulée à son personnel d'emballer son immense contenu.

Un effectif croissant vint leur prêter main-forte. Des dizaines d'ouvriers furent réquisitionnés pour construire des caisses de bois, manier les cordes et les poulies, déplacer les objets les plus lourds. Les femmes, qui n'étaient pas mobilisées sur le front, le furent au sauvetage des œuvres. Des vendeuses de la Samaritaine emballèrent statues et tableaux, remplissant des milliers de caisses, bénévolement. L'égyptologue Christiane Desroches Noblecourt aux Antiquités et Magdeleine Hours aux Peintures participèrent à l'évacuation de leurs départements respectifs. Jour et nuit, quatre mois durant, le Louvre résonna de coups de marteau, de froissements de papier, d'appels et de cris d'effort, pour mettre à l'abri hors de Paris ce que le patrimoine français conservait de plus précieux.

Si les caisses devaient rester anonymes, elles révélaient leur contenu par des signes discrets. Jacques Jaujard leur attribua des pastilles jaunes, vertes et rouges pour les classer selon leur degré d'importance. Seules la *Joconde* et la *Femme à la perle* de Corot eurent droit à trois points rouges, à un coffret sur mesure en bois précieux et à un double emballage imperméable et ignifugé. L'*Olympia* de Manet, *L'Angélus* de Millet, *La Dentellière* de Vermeer partirent dans leurs écrins pastillés, gardés par des convoyeurs parfois armés. Transportée d'une région à l'autre, sur un brancard d'ambulance pour lui éviter les secousses, Mona Lisa parcourrait à elle seule deux mille kilomètres en six ans.

La démesure de l'entreprise n'était rien comparée à la manipulation de certains morceaux d'histoire. Comment déplacer *Le Sacre de Napoléon* de David, qui mesurait 10 mètres de long, et les immenses *Noces de Cana* ? Avec la bénédiction des experts, des mains délicates les retirèrent de leur cadre et les enroulèrent. Quand le vernis trop fragile interdisait ce procédé, des camions destinés aux décors de la Comédie-Française transportèrent les grands tableaux. Comme *Le Radeau de la « Méduse »*, qui dériva dans sa benne sur les routes de campagne, avant de se heurter aux lignes électriques du tramway à Versailles, provoquant une coupure de courant dans toute la ville… Par miracle, le voyage se fit sans perte ni dégâts pour les toiles colossales.

On eut en revanche toutes les peines à déplacer la *Victoire de Samothrace*, si lourde qu'une chute aurait pulvérisé les morceaux qui la composent. Des heures de patience, de halage, de jeux de cordes qui chauffaient trop fort et de concentration fébrile lui permirent de descendre lentement l'escalier Daru. Et d'être le dernier chef-d'œuvre évacué du Louvre, le jour même de la déclaration de guerre.

La « drôle de guerre », dans son attente inquiète des premiers combats, permit aux sauveteurs du Louvre d'agir avec calme et méthode. En quelques jours, il ne resta plus au musée que des œuvres d'importance secondaire, des cadres vides posés le long de murs nus où se dessinaient des carrés et des rectangles plus clairs à l'emplacement des toiles. La Grande Galerie avait des airs de hall de gare vide, où résonnait le moindre son. Comme la scène d'un théâtre déserté par ses décors et ses acteurs, le cœur du bâtiment cessa de battre.

Jusqu'en décembre 1939, avec l'aide du conservateur René Huyghe, 51 convois, comprenant un total de 5 446 caisses, quittèrent le Louvre, dont 40 destinés au château de Chambord. La demeure de François Ier, roi amoureux des arts, hébergerait ces trésors et leurs protecteurs. Pierre Schommer, le chef du dépôt, s'était entouré d'une trentaine de gardiens venus avec leur famille. C'étaient pour la plupart des employés de musées franciliens, vétérans mutilés de la Grande Guerre. Sur place, ils n'avaient ni chauffage, ni eau courante, ni commodités, et dormaient dans les villages voisins. On leur interdit d'évoquer ce qu'ils gardaient.

Parmi ces cargaisons figuraient aussi celles d'autres musées et de collectionneurs privés qui les avaient confiées aux Musées nationaux. Quinze mille caisses remplies de tableaux, de meubles, de tapisseries, de bijoux roulèrent ainsi sur les routes de France, escortant la tapisserie de Bayeux, le retable d'Issenheim, ou une petite nature morte devant laquelle une famille prenait ses repas, à peine quelques mois plus tôt.

Au Jeu de Paume, Rose Valland se chargea d'évacuer les plus belles pièces : 283 œuvres, dont des toiles de Modigliani, Van Dongen, Picasso, Chagall, furent empaquetées et envoyées à leur tour à Chambord. Elle mit en sûreté le reste, 524 toiles et 92 sculptures, dans les sous-sols du musée. L'urgence de la situation, ses nouvelles responsabilités la galvanisaient ; elle se porta volontaire pour accompagner les œuvres au-delà de leur destination première.

Devant l'avancée rapide des troupes allemandes en Val de Loire, une grande partie des œuvres de Chambord furent dispersées dans une dizaine d'autres cachettes. Les plus précieuses gagneraient le Sud avant qu'il ne soit séparé du reste du pays par une ligne fragile. Rose partit dans un convoi pour l'Indre : le duc de Valençay avait mis son château à la disposition des Musées nationaux. L'ancienne demeure de Talleyrand accueillit avec les mêmes égards les plus célèbres statues antiques, le Code d'Hammurabi et le personnel.

Ce fut là, en Touraine, au pied de la *Victoire de Samothrace* et de la *Vénus de Milo*, que Rose apprit avec quelques jours de retard l'entrée des troupes allemandes dans Paris, l'armistice et l'appel du général de Gaulle, un matin de juin 1940.

Elle aurait pu choisir de rester dans le château, parmi les gardiens. Ou de se réfugier dans son village natal de Saint-Étienne-de-Saint-Geoirs, où elle revenait chaque été. Sans hésiter, elle décida de rentrer à Paris dès les premiers jours de juillet. Chez elle, c'était son musée, son Jeu de Paume, et elle se sentait liée par une sorte de pacte sacré avec ce lieu bientôt damné.

Plier l'art au service du Reich

Le lendemain de l'armistice, Hitler avait atterri à Paris à l'aube, pour une visite éclair. Escorté de son architecte Albert Speer et de son sculpteur officiel Arno Breker, il avait roulé en décapotable le long des rues endormies, comme dans une ville fantôme, aux premiers jours d'un été déjà gâché.

Peu importaient les devantures closes, l'absence des vaincus, puisque la voiture suivait un circuit de tourisme architectural. Hitler commença par l'Opéra Garnier, dont il avait mémorisé les plans : il se fit ouvrir les portes, jouant les guides, étalant ses connaissances précises de l'édifice devant un gardien médusé. Puis on le conduisit à l'église de la Madeleine, à la place de la Concorde, avant de remonter les Champs-Élysées jusqu'au Trocadéro d'où il toisa la tour Eiffel, le temps de capturer de belles images de propagande. Aux Invalides, le dictateur parut se recueillir sur le tombeau de Napoléon ; au Panthéon, il battit froid aux grands hommes qu'il avait la certitude de supplanter. Du haut du Sacré-Cœur, qu'il qualifia d'« horreur », Hitler contempla la ville assoupie, qu'attendait un millier de réveils brutaux.

Hitler porta sur les fontaines, les immeubles, les volets fermés, un regard de propriétaire. Il tenait enfin cette ville qu'il admirait, volée à un peuple qu'il méprisait. Une capitale engourdie, où il n'avait croisé aucun regard de défi. Ravi, il déclara à Speer : « C'était le rêve de ma vie de pouvoir visiter Paris. Je ne saurais dire combien je suis heureux que ce rêve soit réalisé aujourd'hui. » Il ne revint jamais. Mais il rappela à Speer et à Breker leur mission, son souhait de voir Berlin, ou plutôt la future Germania, écraser la capitale française de sa grandeur, de sa magnificence.

Hitler donnait à l'art une place majeure dans les projections de sa folie, au même titre qu'à l'antisémitisme et à l'expansion d'un « espace vital » pour les Aryens. Peintre raté, recalé deux fois aux Beaux-Arts de Vienne faute de talent, Hitler avait produit des panneaux publicitaires et des paysages ternes sur des cartes postales pour gagner sa vie. Pour lui, l'art n'était pas tant une source de beauté, de contemplation, d'ouverture des perceptions qu'une addiction mauvaise, une obsession fanatique parmi tant d'autres. Et un moyen de se venger, d'effacer l'humiliation du traité de Versailles et celle des Beaux-Arts qui n'avaient pas voulu de lui. Il s'agissait moins d'un plaisir esthétique que d'un programme parallèle à sa politique raciale et expansionniste : une rage égocentrique qu'il nourrirait jusqu'à sa mort.

Dès son arrivée au pouvoir, il avait fait construire à Munich une « Haus der Deutschen Kunst », bloc de béton à colonnes rectilignes pour montrer à son peuple le seul art qu'il jugeait acceptable. Pendant que Rose organisait des expositions d'avant-garde européenne au Jeu de Paume, deux autres ouvrirent conjointement à Munich, de juillet à novembre 1937. La première grande exposition de la « Maison de l'art allemand » présentait l'art officiel, ce que le peuple allemand était censé admirer et prendre en exemple : tableaux de familles blondes et roses, paysans entourés d'enfants, scènes mythologiques prouvant la supériorité de la race germanique.

L'autre, intitulée « Entartete Kunst », montrait l'art condamné par les nazis. Goebbels avait purgé les musées allemands de 16 000 œuvres dites « dégénérées » selon les canons esthétiques nazis. Certaines furent brûlées, d'autres vendues en Suisse pour alimenter les caisses du parti. Plus de 700 furent exposées au Hofgarten : les plus grands noms de l'avant-garde étaient placés à côté d'œuvres de malades mentaux, pour que le public n'y voie que les produits d'âmes damnées, capables de salir les âmes pures de la race aryenne. Il fallait rééduquer celles-ci, les débarrasser des perversions de l'art moderne.

L'art modifiait bel et bien les perceptions… Lorsqu'elle contemplait les *Nymphéas* de Monet, au musée de l'Orangerie tout proche du Jeu de Paume, Rose se sentait transportée dans un univers liquide, ouaté, nimbé de brise opalescente, où il faisait bon se reposer l'âme. Devant les visions aériennes de

Chagall, où un jeune homme s'envolait pour embrasser sa belle, Hitler, lui, ne voyait que « juiverie » et « bolchevisme ». Dans les régimes totalitaires comme le national-socialisme, les productions artistiques modernes devaient diriger la conduite, prendre une direction unique, refléter la société telle que les nazis voulaient qu'elle soit.

Mais Hitler voyait plus loin. Il avait dessiné lui-même les plans de ce qui serait le plus grand musée au monde, à côté duquel le Louvre ferait figure de simple annexe. Il voulait transformer Linz, la ville où il avait passé sa jeunesse, en capitale artistique. Avec des avenues démesurées, une bibliothèque géante, des bâtiments en angles droits, un mausolée où reposerait sa dépouille. Avec, en son cœur, un « Führermuseum » regroupant les plus grands chefs-d'œuvre de la préhistoire à l'époque contemporaine, selon une perspective nazie, basée sur le seul goût acceptable – le sien.

Or, Hitler n'avait aucun goût. Sa collection personnelle reflétait ses préférences académiques, conservatrices, kitsch ou ennuyeuses à mourir. Les toiles réalistes du XIXe siècle qu'il affectionnait lui paraissaient dignes de figurer à Linz comme les plus belles représentations du génie allemand. Mais pour les nazis, rien n'était plus beau, plus grand que l'art de l'Europe du Nord, avec Cranach au sommet. Suivaient Vermeer, Rembrandt, Van Dyck, Frans Hals, Rubens. Les peintres français du XVIIIe siècle – Watteau, Fragonard, Boucher – étaient préférés aux Italiens, même si Hitler disait apprécier Michel-Ange.

L'historien d'art et conservateur Hans Posse fut chargé d'établir un relevé de toutes les œuvres qui pourraient convenir à Linz, avec un budget quasi illimité pour les acquérir « légalement ». Posse achetait donc, en forçant souvent la main. Conscient du goût petit-bourgeois de son chef, il parvint à convaincre celui-ci d'élargir ses attentes. Hitler lui fit confiance, tout en surveillant de près ses acquisitions, validant les choix de l'équipe d'experts qui sillonna l'Europe pour lui, en territoire occupé ou non.

En juin 1940, il avait déjà acquis 465 tableaux, entreposés au Führerbau, son quartier général à Munich. Mais il lui manquait des maîtres néerlandais, repérés dans les collections privées. Et les plus grands collectionneurs étaient souvent des Juifs... Alors, sans rencontrer la moindre résistance, il se lança dans leur pillage pur et simple.

Hitler commença par publier un décret ordonnant la saisie de toutes les œuvres d'art appartenant aux Juifs, mais aussi aux francs-maçons, dans les pays vaincus. Cette manne en libre accès allait lui permettre de remplir son futur musée, et de financer un effort de guerre qu'il savait coûteux. N'avait-il pas imposé aux Français des frais d'occupation de 400 millions de francs par jour ?

Dès les premières saisies, Hans Posse s'aperçut qu'il fallait faire vite : Goering veillait au grain. Le Reichsmarschall était un collectionneur encore plus vorace que leur chef commun. Sa position privilégiée de corrupteur, l'immense empire industriel qu'il s'était bâti en confisquant des entreprises appartenant à des Juifs, les cadeaux qu'il recevait de personnes souhaitant entrer dans ses grâces – et qu'il revendait si ceux-ci n'étaient pas à son goût – avaient posé les bases d'une collection honorable, à défaut d'être honnête. Un luxe inouï ornait ses multiples logis, villas, châteaux et yachts, avant que ses joyaux ne se concentrent dans un pavillon de chasse acquis en 1937, enfoui dans une forêt à 65 kilomètres au nord de Berlin.

Baptisé « Carinhall » en hommage à Carin, sa première épouse défunte, ce pavillon de bois et de pierre n'avait cessé de s'agrandir, Goering lui ajoutant des corps de bâtiment monumentaux, reflets de sa démesure. Carinhall devint bientôt un véritable domaine-musée rempli de meubles, de tapisseries, de services de porcelaine. Le maître des lieux y passait plus de temps à jouer avec son train électrique géant qu'à faire de l'exercice dans son gymnase privé. Des lionceaux se promenaient dans le parc, parfumés à l'eau de Cologne pour ne pas indisposer les invités de marque. Ceux-ci ne partaient pas sans avoir traversé sa « galerie des Merveilles », un couloir de 5 mètres de large sur 17 mètres de long, aux murs recouverts de chefs-d'œuvre.

Mais plus Goering en possédait, plus il en voulait. La guerre lui donnait une occasion inespérée d'agrandir sa collection à moindres frais. L'invasion des Pays-Bas, en mai, lui avait permis de mettre la main sur la collection de Jacques Goudstikker, un célèbre marchand d'art juif. Il s'empara de 600 toiles, dont des œuvres de Rembrandt, Van Dyck, Cranach,

Nicolas Poussin, Fragonard, Véronèse, Canaletto et Tintoret, puisant dans les caisses de « son » ministère de l'Aviation. Posse, qui espérait se servir pour Linz, ne put qu'enrager de passer après lui.

Conquérir Paris, c'était conquérir le plus grand réservoir de chefs-d'œuvre au monde. Et Hitler et Goering comptaient bien en profiter. Fidèle à sa manie bureaucratique, l'Allemagne nazie commença à planifier son pillage, pour lui donner toutes les apparences de la légalité. Or, les maniaques de l'administration ne sont pas toujours les mieux organisés, et le rapt des collections françaises commença dans la plus grande confusion.

Sauver les œuvres, disaient-ils

Rose rentra à Paris pour découvrir la ville occupée, surprise de voir que l'été continuait d'y briller. L'angoisse des combats avait laissé place à une trêve de façade. Les bars, les restaurants rouvrirent, et ce fut presque comme s'il n'y avait jamais eu d'invasion. Presque, puisque des milliers d'uniformes se mêlaient aux costumes légers, aux robes fleuries. Les soldats de la Wehrmacht se comportaient davantage en touristes qu'en envahisseurs en terrain conquis. Ils se promenaient en groupes dans les rues, prenaient le soleil sur les terrasses des cafés, riant, flattant la joue des enfants, flirtant avec les Parisiennes. L'ordre était formel : ils devaient rester polis, convenables, *korrekt* avec les vaincus. Ils étaient les visages de la grande puissance du Reich, les représentants de la race supérieure. Ils n'allaient tout de même pas se comporter comme des barbares.

Dans cette courtoisie de propagande, la vie parisienne reprenait, mais les accordéons jouaient des airs tristes.

Rose devina qu'une masse monstrueuse, tentaculaire, était également en train d'infecter son quotidien. Un trou noir qui allait anéantir des innocents, en toute impunité, par de nouvelles lois imposées au même titre que l'horaire de Berlin – décalé d'une heure – et les panneaux bilingues en lettres gothiques.

Un service nommé « Kunstschutz » avait été mis en place dès 1914 pour protéger le patrimoine français en zone de guerre. Dès le début de l'Occupation, on avait nommé à sa tête le comte Wolff-Metternich, sous le commandement de la Wehrmacht. Un historien d'art, non affilié au parti nazi, francophile qui plus est : un allié possible ? Jacques Jaujard lui fit visiter son Louvre vidé. Dans les salles où l'écho de leurs voix se répercutait, il lui confirma qu'il avait transféré son contenu en lieu sûr. Alors qu'un SS zélé aurait pu exiger le retour immédiat des œuvres, Wolff-Metternich acquiesça, compréhensif. Il fut décidé que les chefs-d'œuvre du Louvre resteraient à l'abri dans leurs dépôts, en attendant le retour définitif de la paix. La modération de Wolff-Metternich, contraire à la pensée et aux actions nationales-socialistes, rassurait un peu.

Rose s'inquiétait davantage des actions de certains dignitaires nazis. Joachim von Ribbentrop, le ministre des Affaires étrangères allemand, avait nommé Otto Abetz ambassadeur du Reich à Paris.

Comme Wolff-Metternich, Abetz était fin connaisseur d'art. Mais contrairement à lui, il était un nazi pur et dur. Dès son entrée en fonctions, il se lança dans une vaste campagne de confiscation des biens des « ennemis du Reich » à Paris, Juifs, communistes et francs-maçons, suivant une ordonnance de Hitler qui prétendait vouloir ainsi les « sauvegarder » en vue de futures « négociations de paix »…

Dès juillet, on perquisitionna de force des appartements, des hôtels particuliers, des commerces. Les collections privées de riches familles juives, les Rothschild et les David-Weill, ainsi que celles d'Alphonse Kann et de Georges Wildenstein, furent saisies, et les grandes galeries d'art, comme Seligmann, pillées dans la foulée.

Comme des huissiers de justice pris de folie, des soldats s'emparèrent des tableaux, sculptures, bijoux, meubles et les entassèrent dans des caisses qu'ils firent livrer à l'ambassade du Reich, rue de Lille. Une quantité invraisemblable d'œuvres d'art, de livres, d'archives et d'objets divers remplit bientôt chaque pièce des locaux. Il fallut trouver un autre lieu de stockage. On réquisitionna alors trois salles du Louvre, qu'on baptisa avec une inspiration sinistre « le séquestre ».

Abetz en profita pour réclamer le retour des œuvres du Louvre. Wolff-Metternich s'y opposa : la même ordonnance de Hitler brandie par l'ambassadeur stipulait qu'aucune œuvre ne devait être déplacée avant les négociations de paix ! Jaujard respira, même si en temps de guerre, il le savait, chaque répit n'était qu'un sursis.

Mais voilà qu'une troisième émanation du Reich fut chargée à son tour, et simultanément, de répertorier et de confisquer les biens des indésirables du parti : l'Einsatzstab Reichsleiter Rosenberg, ou ERR, un service secret déjà déployé en territoires occupés pour piller leurs trésors artistiques, dirigé de Berlin par Alfred Rosenberg. Son patronyme ne devait pas tromper, Rosenberg était un nazi fanatique, glacial et distant, même aux yeux de Hitler qui l'éloigna de sa garde rapprochée. Idéologue du nazisme, Rosenberg était un pseudo-philosophe fumeux qui cachait le vide de sa pensée derrière des discours incompréhensibles. Hitler lui confia l'ERR en raison de son titre ronflant de « délégué du Führer à la supervision de l'instruction et de l'éducation intellectuelle et idéologique du Parti national-socialiste des travailleurs allemands ».

Près de mille personnes travaillaient à cet organisme qui s'emparait du plus petit objet de valeur dans chaque ville tombée sous le joug nazi. Installer une antenne à Paris, épicentre du marché de l'art à l'époque, fut rapidement nécessaire. Dès l'été, une soixantaine de fonctionnaires zélés, experts, photographes, secrétaires, chauffeurs, arrivèrent à Paris avec d'importants moyens logistiques, alors qu'on commençait à manquer de bras, de denrées et d'essence. Mais pour piller à très grande échelle, il fallait y mettre le prix, et l'Allemagne nazie ne regarda pas à la dépense.

Le baron Kurt von Behr fut choisi pour commander cet ERR parisien aux promesses et aux enjeux énormes. Von Behr était ignare dans le domaine des arts, mais il excellait à nouer des relations publiques, lors de réceptions fastueuses qu'il donnait chez lui avec son épouse. Après tout, on avait bien nommé Goering ministre de l'Économie, alors qu'il n'y connaissait rien non plus, et Speer l'architecte finirait par se retrouver lui-même ministre de l'Armement. Curieuse manie du Reich, cette tendance à créer une multitude d'organismes et d'institutions voués aux mêmes tâches, au risque de contre-productivité et d'inévitables luttes de pouvoir… À l'instar des principaux dignitaires nazis, les trois services entretinrent une rivalité mêlée de haine et de jalousie pour briller aux yeux de Hitler. Le Führer amplifia encore cette confusion en chargeant parfois plusieurs personnes de la même mission. Du moins les trois organisations dédiées à l'art prétendaient-elles toutes vouloir « sauvegarder » les œuvres – en se servant au passage pour décorer leurs bâtiments administratifs, quand ce n'était pas les domiciles de leurs chefs.

Assez vite, l'ERR supplanta ses concurrents. Si le Kunstschutz ne représentait pas une menace réelle, le hargneux ambassadeur Abetz fut plus difficile à neutraliser. Tout l'été et jusqu'au début de l'automne, Rose vit passer des camions chargés de caisses, sans toujours savoir ce qu'elles contenaient, d'où elles venaient, ni où elles se dirigeaient.

Lorsque le « séquestre » du Louvre fut plein à son tour, Jacques Jaujard prit les devants avant de subir une nouvelle ordonnance. Il suggéra à l'ERR de se servir du Jeu de Paume pour entreposer ses saisies. À une condition : qu'un double inventaire soit effectué, l'un par les fonctionnaires allemands, l'autre par des employés français. La requête fut acceptée par von Behr et par le docteur Hermann Bunjes, un agent du Kunstschutz transféré à l'ERR, pourtant peu accommodant.

L'ERR s'installa au Jeu de Paume le 30 octobre. Un magnifique écrin, mais vide, déserté depuis que les expositions d'art moderne y étaient bannies. Le seul élément qui restait du Jeu de Paume d'autrefois, c'était Rose Valland. Le jour de ses 42 ans, elle reprit son poste dans un musée bouleversé, gardé vingt-quatre heures sur vingt-quatre par des soldats. Elle resterait ponctuelle, dévouée, discrète et insondable derrière ses petites lunettes ovales. Mais de quelles tâches pourrait-elle s'occuper désormais, dans ce musée privé d'âme, réquisitionné par un service secret rattaché à la Gestapo ? Comment Jaujard avait-il pu faciliter la tâche de l'ennemi en lui offrant ce dépôt de luxe ?

Jacques Jaujard balaya ses doutes. Proposer aux nazis d'entreposer leurs confiscations dans un lieu unique, appartenant aux Musées nationaux, était sa seule chance de garder un œil sur ces pièces volées, et peut-être d'empêcher leur départ pour l'Allemagne, où elles seraient perdues pour de bon.

Il avait eu la preuve de la mémoire photographique de Rose, et de son sang-froid lors de l'exode des collections du Louvre. Il lui confia alors une autre mission. Elle devrait garder sa place au Jeu de Paume occupé, coûte que coûte. Observer ce qui s'y tramait, tenter de comprendre les méthodes des Allemands. Et, encore plus discrètement, lui rapporter ses observations.

Le risque était grand, face à un ennemi imprévisible. Elle ne s'y attarda pas et accepta de bonne grâce sa nouvelle tâche.

Confisqués, triés, séquestrés

Au cours de ce premier automne d'Occupation, Rose peina à trouver sa place. Ce matin-là, comme tous les autres jours, elle arriva à la porte du Jeu de Paume, encadrée par deux soldats. Elle présenta à l'un d'eux son *Ausweis*, un laissez-passer signé par von Behr. Le soldat la laissa entrer sans un regard, sans faire mine de la reconnaître non plus, même si la scène se répétait au quotidien. Sans *Ausweis*, elle resterait dehors.

La situation du musée était idéale. Central, proche des bâtiments réquisitionnés par l'état-major allemand, abrité derrière les grilles des Tuileries, il garantissait plus de discrétion que le Louvre. L'opération de pillage devait demeurer secrète – elle le serait jusqu'à la fin de la guerre. Jaujard avait vu juste : le Jeu de Paume était un lieu stratégique pour déposer, stocker, répertorier les pièces confisquées.

Plusieurs camions arrivèrent en même temps que Rose. À grand bruit, militaires et employés déchargèrent de larges caisses en bois qu'ils transportèrent à l'intérieur. Elle les suivit, le cœur serré par le souvenir d'anciennes livraisons. Comme celles des sculptures gigantesques de l'artiste argentin José Fioravanti. Elle s'était laissé prendre en photo à côté d'elles, amusée par le contraste qu'elle présentait, longiligne et menue devant les sensuels colosses de marbre blanc. Juste avant la guerre, elle avait travaillé à une grande rétrospective consacrée à l'art nord-américain. Des merveilles ouvrant l'âme aux beautés de mondes inconnus. Les employés de l'ERR, eux, n'y auraient vu que les délires hypertrophiés d'esprits dérangés.

Rose avait d'abord cru qu'elle devrait collaborer avec l'ERR. Jaujard avait demandé, et obtenu, qu'elle participe à l'inventaire des tableaux qui s'accumulaient dans les salles du musée à une vitesse folle. Or, à peine avait-elle commencé à prendre des notes que le docteur Bunjes avait brusquement refermé son cahier. Il prétexta que les Allemands feraient très bien cela tout seuls. L'accord de principe était resté verbal : les responsables de l'ERR n'avaient jamais eu l'intention de donner aux Musées nationaux le moindre contrôle sur leurs saisies.

Rose fut donc reléguée à des tâches d'intendance : vérifier le chauffage, l'électricité. On lui avait réservé un petit bureau affecté aux téléphones, où elle ne se mêlait pas aux conversations, et où on ne lui demandait rien. Son instinct lui souffla de ne pas montrer qu'elle comprenait l'allemand, appris au contact d'artistes dont elle avait accompagné les accrochages, il y avait une éternité de cela.

Les agents de l'ERR auraient pourtant eu besoin de ses connaissances lorsqu'ils déballèrent, au fil des semaines, les biens des plus illustres familles parisiennes. Y figuraient les collections les plus convoitées par le Reich : celles des Rothschild.

Un ensemble somptueux, acquis depuis l'arrivée de James Mayer de Rothschild à Paris au début du XIXe siècle, et perpétué de père et fils, jusqu'aux barons Édouard, Maurice et Robert. Les plus grands maîtres flamands, hollandais, français avaient été réunis par des mécènes éclairés, qui les chérissaient. La collection particulière du baron Édouard était la plus prestigieuse, avec ses toiles de Velázquez, Rubens, Goya, Titien, Van Dyck. L'un de ses joyaux, *L'Astronome* de Vermeer, était aussi le tableau préféré de Hitler, pour son malheur.

Au début de la guerre, les Rothschild avaient envoyé leurs collections à la campagne, entre les murs fortifiés de châteaux. Ils en avaient également confié une partie à la direction des Musées nationaux sous forme de donations ; Jacques Jaujard n'avait pas hésité à falsifier des documents pour les dater d'avant la déclaration de guerre. Des cessions bientôt considérées, hélas, comme nulles et non avenues par une nouvelle ordonnance de Hitler. Les Rothschild pensaient mettre leurs œuvres d'art à l'abri des bombardements, avant de quitter l'Europe pour les États-Unis. C'était sans se douter qu'elles pourraient être localisées par les têtes chercheuses de l'ERR, puis pillées.

La plus grande partie d'une des plus belles collections d'Europe arriva au Jeu de Paume durant l'automne et l'hiver 1941-1942. L'inventaire dressé par l'ERR recensa 5 009 pièces, mobilier compris. D'autres collections suivirent. Celles des frères Seligmann, des Veil-Picard, d'Alphonse Kann, de Georges Wildenstein. Celle de Paul Rosenberg, l'un des plus grands marchands d'art de son temps, ami de Picasso, vendeur attitré des Rothschild, dont la galerie du 21, rue La Boétie fut le centre du marché de l'art moderne français pendant l'entre-deux-guerres. Confisqué, également, le contenu de la galerie de Bernheim-Jeune, ainsi que ses murs mis en vente par le gouvernement de Vichy.

Rose, effarée, voyait passer ces arrivages monstrueux, ce chaos de grosses planches de bois et des plus belles toiles de maîtres, manipulés avec des soins de déménageurs pressés. La présence de ces œuvres dans les mains brutales des soldats était incompréhensible, grotesque, insupportable. Pouvait-on vraiment aimer les angelots de Rubens et adhérer à une idéologie aussi mortifère que le nazisme ?

Ce que les nazis volaient à ces familles, ce n'était pas seulement ce que l'humanité avait produit de plus raffiné, et que d'autres amoureux de l'art avaient patiemment acquis avec les années. Après avoir privé les Juifs de leur statut, de leur profession, de leur droit à vivre comme tout un chacun, ils les privaient de leur histoire intime. Car ces natures mortes, ces naïades de marbre, ces violoncelles et ces porcelaines représentaient davantage que des biens marchands. Ils étaient des souvenirs heureux, de fêtes en famille, de dîners entre amis, de berceuses chantées, d'instants de grâce, de repos et de paix.

Mais il n'était pas question d'intimité pour les nazis, qui ne considéraient pas les Juifs comme des êtres humains. Cet anéantissement de leur vie privée, de ces symboles du cœur et de l'esprit, marquait l'avant-dernière étape avant leur extermination.

Le monopole du Reichsmarschall

Comme Rose l'avait pressenti, Goering ne se contenta pas de ses deux premières visites au Jeu de Paume. L'ogre salivait encore au souvenir de ces expositions privées où il avait pu piocher ce qui lui agréait, reçu comme le roi guerrier éclairé qu'il était persuadé d'incarner.

L'extravagant numéro 2 du Reich était au sommet de sa forme. Cent vingt-sept kilos sur la balance, en uniforme gris perle orné de médailles aussi clinquantes que ses titres, ministre de l'Air, commandant en chef de la Luftwaffe, maître des chasses du Reich, maître des eaux et forêts, général d'infanterie, les poches pleines de diamants avec lesquels il aimait jouer comme avec des billes. Goering cumulait les fonctions, n'en assurant aucune, trop occupé à courir d'une de ses luxueuses résidences à l'autre, et à les remplir de trésors. Il préférait jouer la comédie de la représentation, et réussissait encore à convaincre son entourage de son génie avec une bonne dose de mégalomanie et de déni. Son allure joviale et ses gros rires tranchaient avec les mines grisâtres des autres dirigeants du Reich, ce qui lui valait la haine tenace de ces derniers, et une certaine popularité auprès du peuple allemand.

Goering faisait la navette entre ses propriétés et les villes vaincues, Paris, Bruxelles, Amsterdam, à bord de son train personnel. Sur le front ? Jamais. Ses uniformes clairs ne seraient jamais tachés de sang : le héros de la Première Guerre, l'aviateur casse-cou que fut le jeune Goering allait éviter soigneusement les champs de bataille de la Seconde. Le Reichsmarschall préférait agiter devant ses soldats son bâton d'ivoire incrusté de pierres précieuses. Et mettre à profit son rang pour son bon plaisir.

Le pressentiment de Rose se matérialisa sous la forme d'une ordonnance, envoyée juste après la venue de Goering au Jeu de Paume, où il s'érigeait en « protecteur » de l'ERR. En d'autres termes, comme le responsable de ses stocks, et tant pis pour le honni Alfred Rosenberg, son inférieur, resté à mâcher des papiers dans son bureau à Berlin. Quant à ce pantin de von Behr, qui n'était même pas un vrai militaire, il ne comptait pas dans son échelle de valeurs.

L'ordonnance de Goering avait le mérite d'éclaircir, si besoin était, le rôle de l'ERR : « Pour assurer la conservation des objets d'art ayant appartenu à des Juifs », écrivait-il avec son aplomb coutumier, les biens déposés au Louvre et, par extension, au Jeu de Paume, « seront classés comme suit :

1 – Objets d'art dont le Führer se réserve le droit de disposer quant à leur affectation ultérieure.

2 – Objets d'art qui peuvent servir à compléter les collections du maréchal du Reich.

3 – Objets d'art ou collections de bibliothèques qui semblent pouvoir être utilisés dans les universités, selon le plan général du Reichsleiter Rosenberg... »

Le reste étant, dans l'ordre décroissant d'importance, distribué aux musées allemands, et les œuvres mineures, dans un cynisme absolu, vendues « au profit des orphelins et veuves de guerre français », qui n'en verraient pas un centime. Grand prince, Goering ajoutait qu'il mettrait les moyens de la Luftwaffe à la disposition de l'ERR, avec ses camions, son personnel, sans oublier ses trains privés.

Peut-être alerté par la mainmise de son poulain sur leur obsession commune, Hitler ordonna que toute œuvre confisquée soit envoyée sur-le-champ à Hans Posse en Allemagne. Goering s'empressa de rassurer et d'amadouer les uns et les autres, et réussit à conserver son monopole. Hitler n'y vit que du feu. L'autorité de son bras droit était suprême et indiscutable, même s'agissant d'administrations sans rapport avec ses fonctions officielles. À Berlin, Alfred Rosenberg, lui, ne put que fulminer de loin. Goering avait désormais le champ libre pour piller l'inestimable butin qui transitait par le Jeu de Paume.

Pour le seconder, il pouvait compter sur des marchands d'art véreux. À commencer par son conseiller personnel, Walter Andreas Hofer, qui veillait à la conservation de ses collections à Carinhall, et à leur enrichissement. Il était devenu sa tête chercheuse en territoires occupés, l'accompagnait dans ses « marchés » et le conseillait en cas de doute. Cet homme aux allures d'universitaire inspirait davantage confiance aux familles qu'un intimidant SS, lorsqu'il devait les convaincre de lui céder leurs biens. L'expertise de Hofer n'était toutefois pas sans faille : en février 1941, il récupéra pour Goering un portrait de l'infante Marguerite-Thérèse de Habsbourg par Velázquez, issu de la collection Alexandrine de Rothschild... qui se révéla être un faux.

Jacques Beltrand, un expert parisien qui s'était mis au service des Allemands, fut chargé d'estimer la valeur commerciale des tableaux convoités. Des estimations ridiculement basses, profitant aux Allemands déjà favorisés par le taux de change de leurs Reichsmarks. Cela dit, tout fortuné qu'il fût, Goering ne paya jamais ce qu'il « achetait ». Alors que son accord avec l'ERR prévoyait qu'il dépose l'argent de ses acquisitions sur un compte bloqué au nom du gouvernement français, il ne déboursa pas un pfennig pour le millier d'œuvres d'art qu'il rapporta de ses vingt et une visites au Jeu de Paume – toujours en civil, comme un client ordinaire.

Un complice inespéré allait évacuer pour de bon ces vulgaires questions d'argent. Un dandy obséquieux, lâche et dangereux fondit sur le Jeu de Paume. Pour le bonheur de Goering, et pour le malheur de Rose, dont le quotidien allait empirer sous son mauvais œil. Il s'appelait Bruno Lohse.

Tout voir, tout noter, tout transmettre

La première fois que Rose vit Bruno Lohse, l'air déjà raréfié sembla quitter le Jeu de Paume. Elle surprit un jour dans son bureau ce jeune homme sec et dégingandé, aux cheveux noirs et au regard mauvais. Bellâtre sûr de son charme, il plaisantait avec les secrétaires, canines luisantes. S'apercevant de la présence de Rose à la porte, il se tourna vers elle et son sourire de fauve se mua en rictus déplaisant.

Qu'elle était donc ingrate, cette vieille fille qu'on permettait, allez savoir pourquoi, de rester au musée. Rien à voir avec les belles Parisiennes qui se laissaient entraîner dans sa garçonnière des Champs-Élysées, attirées par l'ivresse du champagne et l'excitation de l'interdit. Ils échangèrent un regard froid, où se mêlaient la méfiance et le mépris.

Modeste historien et marchand d'art à Berlin, Lohse avait changé de stature en entrant au parti nazi. Devenir SS lui avait permis d'assouvir ses ambitions comme ses pulsions violentes. Il aimait porter des coups à condition de n'en recevoir aucun, et s'était tenu à l'écart des champs de bataille. Sa mutation à l'antenne parisienne de l'ERR était une victoire délectable, le meilleur rempart à sa lâcheté. Il menait grand train depuis qu'il avait quitté son uniforme de SS pour d'élégants costumes croisés.

D'abord mandaté pour cataloguer la collection confisquée d'Alphonse Kann, ses connaissances artistiques, sa maîtrise du français et son absence totale de morale lui permirent de devenir le loup dominant de l'ERR. Günther Schiedlausky, avec qui il travaillait en binôme, et von Behr, censé être son supérieur, ne firent pas longtemps le poids face à son arrogance, à ses manigances. Il ne lui restait plus qu'à mettre le plus puissant visiteur du Jeu de Paume dans sa poche.

Goering revint au musée le 5 février 1941. Comme la première fois, il prévint au dernier moment de son arrivée, provoquant un vent de panique, un accrochage hâtif. Le Reichsmarschall fut accueilli par Bruno Lohse, tout miel et flatteries. Celui-ci avait fait en sorte de ne sélectionner que des œuvres susceptibles de lui plaire. Ce jour-là, ses canines brillèrent pour le seul Goering.

Une complicité se noua vite entre les deux crapules qui déambulèrent côte à côte, plaisantant, admirant avec force exclamations le velouté d'une peau de madone, la légèreté d'une barbe, l'orient d'une perle. Lohse, spécialiste des écoles flamande et hollandaise du XVIIe siècle, impressionna l'amateur éclairé par son savoir, glissant au bon moment un compliment sur le goût très sûr du Reichsmarschall, qui rosissait d'aise.

Alors que l'Allemagne s'apprêtait à envahir l'URSS, on revit souvent Goering au Jeu de Paume au cours du printemps. Il était sûr d'y retrouver Lohse, ses formidables sélections, ses manières qui tranchaient avec la rigidité affectée de von Behr. Il préférait la fraîcheur de ce jeune homme de 29 ans, jouisseur comme lui, amateur de jolies femmes et de grandes tables, aux autorités parachutées dans des décors trop raffinés pour elles.

Rose avait redouté l'appétit de Goering pour les saisies de l'ERR ; à présent, elle craignait que Lohse n'aille encore plus loin grâce à sa position privilégiée – qu'il ne pille lui-même au sein du pillage. Lohse restait un SS, en pensée comme en actions. Il participait parfois lui-même aux perquisitions dans les appartements, expropriait violemment des familles. Il se vantait d'avoir tué des Juifs à mains nues. Et c'était cet homme qui creusait son trou au cœur du Jeu de Paume, transformé en gigantesque centre de tri en ce premier hiver d'Occupation.

Début 1941, Rose constata que la plupart des grandes collections appartenant à des Juifs avaient été saisies, entreposées et inventoriées au Jeu de Paume, puis acheminées en Allemagne. Des dizaines de convois, charriant des centaines de wagons remplis de milliers de caisses, traversèrent la frontière. Goering se fit transporter deux Vénus incarnant ses désirs érotico-esthétiques : l'une de Boucher, l'autre de Cranach, son peintre favori dont il allait acquérir 52 tableaux. Les 42 caisses de la collection des Rothschild eurent droit à un train spécial à destination du Führerbau, le quartier général de Hitler à Munich. Rembrandt, Frans Hals, Goya voyageaient dans un compartiment chauffé. Les propriétaires des œuvres, eux, avaient fui aux États-Unis, privés de leur nationalité et de leur fortune par les lois de Vichy.

Le pillage allait vite, trop vite. Goering devait se précipiter pour s'emparer des plus belles prises avant que celles-ci n'atterrissent chez Hitler. C'était bien assez de savoir que son Führer avait accroché *L'Astronome* de Vermeer dans son bureau à Munich... Plusieurs camions, dont ceux de la préfecture de police de Paris, continuaient d'affluer chaque jour au musée, de décharger des colis frappés d'initiales discrètes. Le rythme et l'ampleur des arrivées étaient tels que le personnel de l'ERR commença à se plaindre. Des querelles éclatèrent au sein d'un service qui se révélait malgré tout rapide et efficace.

Les experts allemands travaillaient avec une rigueur toute scientifique à cataloguer les prises des autorités nazies. Ils remplissaient des fiches détaillées, indiquant le nom et l'adresse des propriétaires, le titre de l'œuvre et le nom de l'artiste, sa destination. Un petit studio photo fut installé pour accompagner chaque fiche de la photographie de l'œuvre. Certaines allaient remplir des albums spécialement conçus pour Hitler, des catalogues personnels offerts pour son anniversaire.

Rose était gardée à l'écart de ce recensement pointilleux. Pourtant, elle aussi se mit à remplir des fiches. Des cartons qui tenaient dans la main, où elle consignait des bribes d'informations d'une écriture serrée mais lisible. Le 15 mars, elle nota quelques lignes : « Disparition de 3 bagues. » « Emballage pendant la nuit de tableaux expédiés le samedi soir. » « Le gardien de nuit Basson a vu le chauffeur SS essayer une bague. Le samedi à 14 heures, autre essai de bague par une secrétaire en présence de l'adjudant photographe. »

C'était peu. Et c'était déjà immense. Isolée dans un service secret cogéré par la Gestapo, Rose tenait à honorer la mission que Jaujard lui avait confiée. Privée de moyens, sa présence au quotidien et ses sens en éveil seraient ses seules armes, sa seule façon de combattre l'ennemi. Elle commença par mémoriser tout ce qu'elle pouvait. Les œuvres, les étiquettes, les bons de livraison, la correspondance officielle, les conversations de couloir. Son œil exercé ne laissait rien passer, son oreille non plus. Elle affinait sa compréhension de l'allemand avec des termes nouveaux, plus logistiques qu'artistiques.

Elle n'était pas tout à fait la seule Française sur les lieux : quelques employés, gardiens, emballeurs et manutentionnaires parisiens aidaient au transfert des biens saisis. Elle sympathisa avec eux, encourageait les bavardages et récupérait, mine de rien, des informations supplémentaires sur la provenance des caisses et leur destination.

En hâte, debout dans une salle vide, elle griffonnait sur des feuilles volantes les titres des œuvres qu'elle reconnaissait, les noms qu'elle parvenait à déchiffrer sur les caisses, les adresses quand il y en avait, et, surtout, les destinations. Par écrit, l'information risquait moins de se perdre, mais elle pouvait la perdre, elle. Elle ne pensait pas à cela. Ses notes serviraient peut-être plus tard, se disait-elle, quand le moment serait venu de restituer ces trésors. Alors que rien ne semblait pouvoir enrayer les conquêtes des troupes allemandes, elle croyait au fond d'elle que la France se relèverait un jour, et que ces œuvres seraient rendues à leurs propriétaires.

Rentrée chez elle, elle réunissait ses observations, parfois sur du papier à en-tête du Louvre. Chaque semaine, le mercredi ou le jeudi, elle pédalait jusqu'au Louvre et remettait son rapport à Jacques Jaujard, ou à la secrétaire et proche collaboratrice de celui-ci, Jacqueline Bouchot-Saupique. Jaujard mettait ces notes en sûreté, en communiquait certaines à son réseau de résistance, le NAP – Noyautage des administrations publiques. Son devoir accompli, Rose écoutait la BBC dans son salon, à bas volume, l'oreille effleurant le poste.

Jaujard, lui, se battait chaque jour contre les mensonges et les trahisons de l'administration allemande. Des biens que des collectionneurs juifs avaient confiés aux Musées nationaux, censés rester sous la protection du Louvre, avaient été saisis au château de Chambord. Les chercheurs de trésors qui fouillaient jusqu'en zone libre finirent par s'emparer d'autres biens privés cachés dans les Pays de la Loire, à Sourches, à Brissac, sans rencontrer d'opposition.

Jaujard tenta de mettre fin à ces confiscations abusives. Pour ne pas braquer les bureaucrates nazis, il avait d'abord suggéré au ministère des Affaires étrangères de constituer une commission pour contrôler les collections sous séquestre, en proposant une liste de membres. Vaine tentative. Sans se décourager, il envoya divers courriers de protestation, citant des lois que les Allemands s'empressaient d'interpréter à leur guise, ou de modifier à leur profit, à coups d'ordonnances indiscutables. Parfois, les lenteurs administratives achevaient de dissoudre les plaintes. L'ERR mit plusieurs mois à répondre à une juste revendication des Musées nationaux, portant sur une collection expédiée depuis longtemps en Allemagne. Les armes juridiques de Jaujard étaient inoffensives face à la mauvaise foi de l'occupant, impuissantes à infléchir la complicité du gouvernement de Vichy, qui laissait faire. Ce même gouvernement était l'employeur de Jaujard. Les conflits se multiplièrent entre le probe directeur et sa hiérarchie corrompue. Il faillit perdre son poste, et fut sauvé *in extremis* par l'ensemble des conservateurs qui menacèrent de démissionner avec lui.

Pour ne rien arranger, des volontaires français se mirent à aider l'ERR à débusquer d'autres collections privées. L'opération avait beau être secrète, la rumeur se propagea dans le milieu et le Jeu de Paume vit bientôt affluer plusieurs marchands collaborationnistes, dont Jean-François Lefranc. Délation contre commission : un judicieux marché pour les nazis, et surtout pour Lohse qui excellait à négocier avec les traîtres. Le loup du Jeu de Paume se constitua bientôt un solide réseau dans le marché de l'art parisien.

Celui-ci était florissant : brièvement mis à l'arrêt aux tout débuts de l'Occupation, il avait repris pour prospérer plus que jamais. Avec l'afflux des marchandises laissées par ceux qui avaient fui à temps, Drouot quadrupla ses transactions. L'art paraissait le seul investissement fiable en cette époque troublée. Alors, on acheta. Beaucoup. Une majorité des spécialistes en art étant juifs, ils avaient quitté de force leur emploi, voire leur pays, et les Allemands étaient devenus les maîtres absolus en ce domaine. Hitler et Goering n'étaient pas les seuls alléchés par cette manne providentielle : les marchands du Reich, le parti nazi, les administrations et quelques amateurs fortunés vinrent s'approvisionner en France. Sans compter qu'avec un Reichsmark surévalué par rapport au franc, l'occupant bénéficiait d'un fort pouvoir d'achat. Face à des prix aussi bas, qui se poserait la question de connaître la provenance des œuvres ?

Les acheteurs des musées du Reich, comme Hildebrand Gurlitt, se conformaient à l'esthétique nazie : la peinture française du XVIIIe siècle, en particulier, les séduisait pour sa légèreté et son classicisme. Il était entendu que la peinture dégénérée ne devait plus souiller le sol allemand. Mais les acheteurs privés n'étaient pas soumis à cette censure idéologique, et quelques Allemands firent entrer en douce des postimpressionnistes et des nabis dans le Reich « purifié ».

Trop heureux d'ouvrir leurs portes à cette nouvelle clientèle, des marchands d'art français montrèrent peu de scrupules à conclure des affaires avec l'ennemi. Cette collaboration-là s'accommodait fort bien de la dualité vainqueur-vaincu, de la domination d'un occupant qui avait mis le pays en coupe réglée. D'importants bénéfices permettaient à ces commerçants de se fournir au marché noir, et d'avoir moins faim, moins froid qu'un épicier ou un cordonnier. La population déjà divisée se morcela en de nouvelles catégories : ceux pour qui un tableau apaisait les souffrances, purifiait le cœur, nourrissait l'âme… et les autres.

En juillet 1941, Jaujard parvint à consolider la place de Rose au Jeu de Paume en la nommant attachée de conservation, avec un vrai salaire. Elle dirigerait le personnel français chargé de l'intendance du bâtiment. Elle était, enfin, officiellement responsable du musée. Ce même été, Goering donna l'ordre « d'effectuer tous les préparatifs nécessaires à la mise en œuvre de la solution finale de la question juive ». Le document signé, il retourna faire ses emplettes à Paris.

Ce qu'on cache derrière un voile

Les miracles n'attendent pas toujours les temps de paix pour survenir. Alors que la vie de Rose se concentrait autour du Jeu de Paume, elle sympathisa avec une jeune femme qui travaillait comme secrétaire et interprète à l'ambassade des États-Unis, de l'autre côté de la place de la Concorde, à deux pas du musée. D'un abord ouvert et chaleureux, Joyce Heer lui raconta comment les exils successifs de sa famille l'avaient amenée ici, et d'où venait sa pointe d'accent indéfinissable.

Son père était un Allemand de Leipzig, négociant en coton, qui était parti à Liverpool ouvrir une manufacture. Il y avait rencontré sa femme ; Joyce était née en 1917, suivie de son frère Robert. La famille Heer s'était installée ensuite à Berlin, et l'allemand était devenu la langue maternelle de la fillette. Bien vite acculé par la crise économique, son père s'était tourné vers Paris, où Joyce, âgée de 7 ans, avait décidé qu'elle serait française, élisant le français comme sa langue principale. Sa connaissance de l'anglais, sans être parfaite, était assez bonne pour qu'elle trouve une place à l'ambassade, où elle subissait moins durement les restrictions que la plupart des Parisiens. Sa famille était finalement retournée en Angleterre juste avant la guerre, mais son frère adoré revenait parfois lui rendre visite. Pas ses parents ? Non, elle les voyait très rarement. Sa mère ne lui adressait plus la parole, murmura-t-elle.

Dans ce café où Rose l'écoutait, à ce moment où un silence s'installait, elles se regardèrent et ne baissèrent pas tout de suite les yeux. Quelques mois après, Joyce s'installait dans l'appartement rue de Navarre, pour ne plus le quitter.

Joyce était tout le contraire de Rose : blonde, solaire, sociable. Citadine convaincue, elle adorait sortir au restaurant, au théâtre, à l'opéra. Elle riait d'un rien, attirait la sympathie d'un simple mot. Gracieuse, elle portait des robes à fleurs et marchait d'un pas décidé avec des sandales à semelles hautes. Lorsqu'elle tressait ses cheveux d'une certaine manière et laissait son regard bleu errer dans le vague, ses origines allemandes ressortaient : sa joie de vivre semblait se muer en cette forme de mélancolie que les Allemands nommaient *Sehnsucht*, cette aspiration diffuse à un idéal inaccessible.

La guerre dès lors parut moins pesante à Rose. Être deux, même dans le secret le plus absolu, c'était ne plus être seule face à sa peur ou à ses doutes. C'était puiser un réconfort oublié depuis la défaite, trouver une nouvelle nécessité de tenir, de poursuivre une résistance dans un climat d'ordres, de menaces et de conspirations.

En un an, le Jeu de Paume était devenu un centre de tri bruyant, gardé par des officiers de la Gestapo ou de la Luftwaffe, rempli de militaires de passage et d'employés en blouse blanche qui intriguaient entre eux. Des liaisons se formaient, des ruptures s'ensuivaient, empoisonnant pour de bon l'atmosphère.

Alors que Rose s'était éloignée d'un énième éclat de voix en allemand, regrettant les salles paisibles, son travail feutré d'avant la défaite, elle remarqua un rideau tiré sur une salle, tout au fond à l'étage. Elle jeta un œil derrière et entra, médusée. Son monde d'avant s'y trouvait, relégué à l'écart, comme un secret honteux.

Accrochées du sol au plafond, posées sur des présentoirs, une centaine de toiles modernes remplissaient la pièce. De frais visages de Marie Laurencin, des nus de Picasso et des baigneurs de Cézanne, des Braque et des Léger dont les volumes semblaient sortir de la toile, des paysages de Corot et de Pissarro… Et Derain, et Vallotton, et Matisse, et Chagall… Rose comprit : ces œuvres avaient été cachées par les nazis car jugées « dégénérées ».

Même une innocente danseuse de Degas avait été mise au pilori. Fallait-il qu'ils soient fragiles, ces Aryens dits « supérieurs », pour craindre que les carnations rosées des femmes de Renoir leur pervertissent l'esprit… Ces officiers sûrs d'eux, persuadés d'être de la race des guerriers, destinés à gouverner le monde, étaient anéantis par les reflets fauves d'un Vlaminck ! Les visages tordus de souffrance de Kokoschka les révulsaient, alors qu'ils se réjouissaient de les voir sur leurs victimes, et qu'ils adulaient la face écumante de Hitler vociférant ses discours hystériques.

Rose surnomma cet endroit « la salle des martyrs ». Elle s'y rendit en cachette plusieurs fois, pour s'isoler, contempler la beauté interdite, reprendre des forces, nourrir de fragiles espoirs. Le 16 septembre 1941, elle écrivit dans son rapport à Jaujard : « Il y a actuellement au musée une salle où sont exposées des œuvres d'art abstrait ou indépendant (tableaux de Picasso, Matisse, Léger, Klee, etc.). Ces peintures appartenant à une formule d'art condamnée par le IIIe Reich, ne pourrait-on en profiter pour essayer de les garder ? »

Un souhait naïf, comme elle ne tarda pas à l'apprendre. Si ces œuvres n'avaient pas fait l'objet d'un autodafé, c'était pour une bonne raison. Bruno Lohse comptait s'en servir comme monnaie d'échange. Il mit au point un système pour que Goering, aussi riche qu'avare, n'ait rien à payer lorsqu'il emporterait sa moisson du jour.

L'essentiel de la collection d'Alphonse Kann, confisquée en octobre 1940 dans son hôtel particulier de Saint-Germain-en-Laye, était en cela une monnaie providentielle. Avant-gardiste, éclectique, elle comprenait, d'après l'inventaire de l'ERR, plus d'un millier de toiles modernes de très grande valeur. Divisé en lots, ce butin pourrait être vendu ou échangé contre des toiles conformes aux goûts officiels du Reich. Le radin Reichsmarschall fut ravi de cette combine. Une photographie le montre tenant à la main un petit Bruegel, obtenu contre quatre Matisse appartenant à Paul Rosenberg, présentés par Lohse.

Un marchand, en particulier, s'en frotta les mains. Gustav Rochlitz était un galeriste allemand installé à Paris, rue de Rivoli, depuis 1936. Il possédait un portrait d'homme attribué à Titien, que Lohse avait repéré pour Goering. Alors qu'il commençait à négocier son prix, Lohse se souvint de la « salle des martyrs » et proposa à Rochlitz de venir y prendre ce qu'il voudrait en échange. Celui-ci fit une bonne affaire en choisissant onze toiles de Cézanne, Corot, Renoir, Braque, Picasso, Matisse… contre ce portrait et une nature morte de Jan Weenix.

En apprenant que ces œuvres modernes étaient des biens confisqués, Rochlitz prétendrait avoir eu des scrupules. Lohse serait parvenu à le convaincre, avec une rhétorique bien huilée, que ces biens avaient été acquis dans le cadre de l'armistice, donc légalement… Le marchand aurait accepté pour éviter de passer pour un ennemi du peuple. Peu après, Lohse lui proposa plusieurs nouvelles toiles modernes ayant appartenu à Alphonse Kann, à Paul Rosenberg et à André Bernheim, en échange d'une Adoration des mages flamande du XVIe siècle qui plairait follement au Reichsmarschall. Rochlitz profiterait ainsi d'une dizaine d'autres échanges avec l'ERR, recevant 82 tableaux confisqués contre 35 de sa galerie, dont l'ensemble n'égalait pas la valeur d'une seule peinture moderne. Les fruits de ce recel allaient être revendus à l'étranger, surtout en Suisse, ce qui compliquerait leur recherche après la guerre. Au moins auront-ils été sauvés de la destruction…

L'un de ces échanges mit Goering au comble de la joie. Enfin, il possédait un Vermeer ! Presque personne ne connaissait *Le Christ et la femme adultère*, pas même Hitler, qu'il se garda bien de prévenir. C'était un tableau nimbé de grâce, de douceur, aux couleurs feutrées et à la lumière irradiant des visages : la quintessence du Siècle d'or. Sa rareté le rendait encore plus miraculeux, puisqu'il n'existait que trente-sept Vermeer certifiés au monde, et que celui-ci venait à peine d'être découvert, comme tombé du ciel. Alois Miedl, un banquier connu pour tremper dans des affaires louches, lui en demandait près de 2 millions de florins. Les sbires de Goering le convainquirent de l'échanger plutôt contre 150 toiles pillées en Hollande. *Le Christ et la femme adultère* devint le clou de la collection de Goering. Tout à sa joie, celui-ci ne se méfia pas. Son Vermeer n'avait qu'un défaut, qu'il apprendrait après-guerre.

Ces échanges, ces marchandages, ces estimations si basses des marchands parisiens et les profits énormes qu'il en tirait enchantaient décidément le Reichsmarschall. Alors qu'il peinait de plus en plus à assurer le commandement de la Luftwaffe, que son pays venait d'envahir l'Union soviétique, au risque d'infléchir le cours du conflit et de détruire son royaume, Goering commençait toutes ses journées par un entretien avec son conseiller Hofer. L'art et l'argent passaient avant la stratégie. Il ne résista pas à l'envie d'organiser une vente lui-même, et proposa à un intermédiaire hollandais quatre Van Gogh et un Cézanne, issus des collections Rothschild et Rosenberg, contre 750 000 Reichsmarks. Une somme qu'il s'empresserait de dépenser dans d'autres acquisitions personnelles.

Alors que la « salle des martyrs » restait hors de portée des regards, une nouvelle exposition moderne ouvrit au Jeu de Paume en novembre 1941. « L'art du front » présentait les œuvres des artistes amateurs de la Luftwaffe, en signe de gratitude pour avoir aidé avec tant de soin et d'efficacité à transporter les œuvres spoliées vers l'Allemagne. Des peintures et sculptures que Goering ne manqua pas de venir admirer, sans manifester le désir d'en acquérir aucune, avant de se tourner vers les nouveaux arrivages de l'ERR. Dans son coin, Rose nota : « Goering emportera demain, dans son train particulier (4 décembre au soir) les statues provenant de l'hôtel Édouard de Rothschild, l'une d'elles exceptée, et une cinquantaine de tableaux. Beaucoup sont des tableaux impressionnistes appartenant à la collection Rosenberg. »

Elle consigna en hâte les toiles qu'elle vit disparaître : trois Renoir, cinq Monet, trois Courbet, deux Ingres, trois Corot… mais aussi un Toulouse-Lautrec, un Seurat, un Daumier, un Pissarro, un Van Gogh, tous abhorrés par le Reich. Rose découvrit, stupéfaite, que Goering comptait en garder pour lui-même : le représentant officiel du national-socialisme n'était pas totalement hermétique à l'art moderne. La rumeur rapportait qu'un Van Gogh, représentant deux tournesols, était accroché dans sa chambre à coucher. Emmy, son épouse, aimait Renoir et Monet, qui trouvèrent aussi leur place sur les murs de Carinhall, en dépit des lois du régime.

Au sommet d'un système totalitaire qui ne tolérait aucun écart idéologique, les dirigeants n'étaient pas exempts de contradictions. Goebbels soutenait certains expressionnistes, comme Emil Nolde, sympathisant nazi de surcroît. Hitler lui-même finirait par reconnaître qu'il appréciait l'impressionnisme…

Une espionne insoupçonnée et insoupçonnable

1941 s'acheva dans une activité intense au Jeu de Paume. Les nazis étaient au sommet de leur puissance. Bruno Lohse aussi.

L'afflux d'œuvres confisquées semblait ne jamais devoir se tarir. Goering parvenait toujours à se libérer pour admirer les nouvelles prises de l'ERR. Des tableaux, des meubles, des bijoux et des pierres précieuses dont l'homme était également friand. Chaque fois, du champagne frappé l'attendait, alors que les Français avaient oublié le goût du café. Von Behr était tombé en disgrâce, et Lohse, son ambitieux assistant, devint l'homme de main de Goering. Si von Behr continuerait officiellement de diriger l'ERR, c'est Lohse qui superviserait les transits d'œuvres volées, organiserait les expositions réservées à son protecteur, usant et abusant de ses privilèges.

Grâce à une lettre de recommandation du Reichsmarschall, celui qui s'autoproclamait « le roi de Paris » eut le champ libre pour voyager en Allemagne, en Hollande, en Suisse, sur la Côte d'Azur, de préférence dans des lieux de villégiature chics, pour chercher, acheter, vendre, échanger encore plus de trésors artistiques – en se servant au passage. Le Jeu de Paume lui permettait déjà de meubler et de décorer à moindres frais son appartement, avenue Montaigne ; il ne prenait pas toujours la peine de cacher ses « emprunts ». Une sentinelle avait bien tenté de l'empêcher d'emporter un tapis, une fois. Pas deux.

À son retour au Jeu de Paume, Lohse installait les œuvres les plus intéressantes juste avant les visites du maréchal. Grâce à lui, Goering repartirait avec des huiles flamandes, des scènes de chasse, embarquant dans ses luxueux wagons le *Pont de Langlois* de Van Gogh et le *Garçon à la toque rouge* de Rembrandt qui avaient appartenu aux Rothschild.

Rose fit alors une découverte majeure. « Les plus importantes œuvres d'art qui ont quitté la France sont réunies en ce moment près de Füssen, sur le Lech, dans un des châteaux de Louis II de Bavière où le docteur Schiedlausky prépare une grande exposition que doit visiter le chancelier Hitler », rapporta-t-elle à Jaujard.

Alors que l'activité de l'ERR battait son plein, l'ambiance était devenue irrespirable au Jeu de Paume. Trop d'ambitieux avaient été nommés chefs, directeurs, responsables, et ils se disputaient inévitablement la direction générale des opérations. Deux camps s'étaient formés. D'un côté, celui de von Behr et de Lohse. De l'autre, celui de Hermann von Ingram, Günther Schiedlausky et Robert Scholz.

Là-dessus, un énième chef de service, le docteur Walter Borchers, venait justement d'arriver. Ce conservateur, caporal de la Luftwaffe, surprit Rose par ses critiques envers les méthodes de l'ERR, et par son manque de zèle à l'égard du nazisme en général. Il discerna vite la personnalité toxique de Lohse, et observa son manège avec une réprobation croissante. Jaujard avait trouvé en Wolff-Metternich un soutien inattendu ; le docteur Borchers serait-il le seul occupant du Jeu de Paume dont Rose n'aurait pas à craindre l'attitude ou les décisions ?

Rose s'enhardit peu à peu dans sa mission d'espionnage. Lorsque arriva la collection Veil-Picard, elle en inscrivit le contenu dans le détail, à toute vitesse. Inquiète des échanges opérés dans la « salle des martyrs », qui risquaient d'éparpiller les toiles sans laisser de traces, elle attendit que le musée soit désert pour dresser une liste exhaustive des œuvres restantes. L'oreille aux aguets, elle prit son temps pour remplir une quinzaine de fiches, classées par collectionneurs : Kann, Lévy de Benzion, Rothschild, Löwenstein, Watson… Quant à Marie Laurencin, Vallotton, Delacroix, ils attendaient dans ce purgatoire un sort incertain.

Rose feignait d'être occupée dans les bureaux pour écouter les appels téléphoniques. Elle collait l'oreille aux portes quand d'importants personnages se réunissaient. Elle mémorisait la moindre information susceptible d'être utile à la direction des Musées nationaux. Le soir, dernière partie, Rose fouillait dans les corbeilles à papier, récupérait les carbones des employés de l'ERR et en recopiait le contenu chez elle, avant de les remettre à leur place le lendemain matin, première arrivée. Ces poubelles étaient des mines de documents uniques. Rose y repéra un jour des visages froissés : c'étaient les négatifs des portraits des membres de l'ERR, qui se révéleraient aussi utiles que ses listes.

Ses prises de risques étaient aussi insensées que sa chance de ne pas être démasquée. Elle aurait pu être fusillée sur-le-champ, ou déportée à Ravensbrück. Or, on ne remarquait plus cette femme réservée qui se confondait avec les meubles et n'accrochait pas le regard. Sa politesse n'éveillait pas de soupçons. Personne ne la voyait refermer la porte de chez elle, tendue, la sacoche pleine de papiers compromettants, rassurée de retrouver Joyce, elle aussi inquiète, Joyce qui lui rappelait la folie de cette entreprise, avant de l'aider à traduire les phrases allemandes dérobées.

La peur, Rose avait fini par l'accepter, à défaut de s'y habituer. C'était comme un mal de dents qui pouvait s'atténuer, ou flamber d'un coup, sans jamais disparaître tout à fait. La peur la figeait lorsqu'elle surprenait un employé de l'ERR ou un officier de la Gestapo en train de la fixer. Mais cette même peur fouettait son courage, puisait dans une volonté qu'elle avait jusque-là réservée à ses études, à ses tâches professionnelles, à être comme il faut. Il lui semblait que risquer sa vie pour des œuvres renforçait à la fois sa dévotion pour l'art et sa conviction diffuse, peu partagée, que les Allemands allaient perdre cette guerre. Ses petits faits de résistance quotidienne aideraient sûrement les victimes à récupérer un peu de leur vie passée, à défaut de pouvoir les sauver du désastre annoncé.

Si Rose parvenait à les espionner sans se faire prendre, elle n'était pas pour autant laissée tranquille par les Allemands. Soupçonnée d'incidents mineurs, elle fut congédiée à quatre reprises, pendant quinze jours. Profitant d'un changement de garde, ou d'humeur, elle parvenait toujours à reprendre son poste. Il faut dire qu'au Jeu de Paume, où les employés de l'ERR se poignardaient allègrement dans le dos, les accusations de sabotage, et surtout de vol, étaient nombreuses.

Les spoliateurs, qui n'en étaient plus à un larcin près, puisaient dans les coffres à trésors dont ils avaient la garde momentanée. Des bijoux, de petits objets disparaissaient. Rose releva de nombreuses disparitions dans ses notes. Quand les nazis s'en apercevaient, ils soupçonnaient en premier les gardiens français, dont Rose avait la responsabilité. Pour des raisons hiérarchiques, elle seule était soumise à un interrogatoire. Elle niait calmement les accusations, parvenait à convaincre les Allemands de la nécessité de garder ces personnes à leur poste.

Eux aussi l'aidaient, sans le savoir, à recueillir des informations capitales. Chauffeurs, emballeurs, gardiens discutaient volontiers avec elle, cette responsable qui prenait toujours leur défense sans jamais rien leur reprocher. Ils lui signalaient certain fait insolite, les arrivées de nouvelles saisies, les départs de convois, sans se douter qu'elle consignait tout de ces manœuvres secrètes.

Une convocation l'inquiéta davantage. Parce qu'une verrière avait reflété une lumière sur la place de la Concorde toute une nuit, on l'accusa d'avoir adressé des signaux à l'ennemi. Elle s'en sortit là encore. Pour les hommes de fer de la Gestapo, elle n'avait rien d'une espionne. Elle mit ses frayeurs de côté et continua d'écouter, d'observer, de noter.

Tous les trois jours, quelles que soient les circonstances, Rose se rendait dans le bureau de Jaujard, au Louvre. Ces moments la rassérénaient, elle y puisait des forces, rappelée au sens de son action clandestine. Là, dans ce lieu feutré, elle retrouvait la bienveillance de ses semblables, la patience d'une résistance qui agissait de son mieux en attendant son heure, la certitude de n'être pas seule, malgré les apparences. Jaujard aussi puisait dans la détermination de sa petite équipe une raison de ne pas désespérer. Il envoyait des courriers d'encouragements aux gardiens de ses dépôts et de protestations aux autorités nazies, en sachant que seuls les premiers toucheraient leurs destinataires. Sa marge de manœuvre était de plus en plus faible.

Debout devant la fenêtre, Rose suivait le mouvement des berlines noires de l'occupant et des vélos à remorque des habitants. Les premiers étaient libres de jouir d'une ville que les autres devaient se contenter de traverser depuis deux ans. Néanmoins, il ne serait pas venu à l'esprit de Rose de changer de camp, de vendre son âme pour un peu plus de confort.

Le Paris de Bruno Lohse n'était certes pas le sien. Rose vivait d'ersatz de café, de rutabagas à l'eau, tandis qu'il se procurait sans peine caviar et cigares, quand il ne dînait pas chez Maxim's. Elle et Joyce passaient leurs soirées à grelotter devant le poêle où le charbon manquait, à écouter des chansons légères entre la propagande pétainiste de Radio-Paris et les messages de résistance de « Radio Londres ». Lui se divertissait au Shéhérazade, le cabaret le plus en vogue de la capitale, à l'opéra où des œuvres allemandes figuraient toujours au programme, au théâtre de Sacha Guitry, aux spectacles de Fernandel qui déjeunait chaque jour au Cercle allemand.

Certes, un SS du rang de Lohse n'allait pas dans les maisons closes, où les maladies vénériennes devenaient une forme de résistance. Des filles certifiées aryennes lui rendaient visite dans son appartement de l'avenue Montaigne où il organisait des soirées princières.

Les nuits parisiennes continuaient d'illuminer l'occupant, abandonnant les autres à l'obscurité.

Pour ne rien arranger, l'hiver 1941-1942 fut particulièrement glacial. La peur et la faim amplifiaient la sensation de froid permanente. Le rationnement déjà sévère ne suffisait plus dans un quotidien où tout manquait : les aliments de base, mais aussi le tissu pour les manteaux, le cuir pour les chaussures, le caoutchouc pour les chambres à air. Rose ménageait celles de son vélo en pédalant lentement devant des vitrines où des écriteaux avaient remplacé la nourriture : « Plus de viande ! » « Plus d'œufs ! » Elle pédalait sans se soucier de filer ses bas : il n'y en avait plus en boutique, la soie étant réservée aux parachutes. À la place, les femmes se recouvraient les jambes d'une sorte de fond de teint ambré, le bien nommé « Filpas »... et traçaient au crayon noir la couture derrière la jambe.

Pétain, lui, continuait de glorifier sa sainte trinité du travail-famille-patrie, dans un pays épuisé où 2 millions d'hommes restaient prisonniers en Allemagne, où les enfants sous-nourris étaient frappés de rachitisme et où la patrie piétinée était couverte de panneaux en allemand.

En plus de partager ces conditions de vie misérables, une autre partie de la population subissait des persécutions croissantes, absurdes et éprouvantes. Après avoir été exclus progressivement de la société, les Juifs étaient soumis à des répressions humiliantes, sous l'autorité conjointe d'ordonnances allemandes et des lois de Vichy. On venait de leur imposer le port d'une étoile jaune, qu'on les obligeait d'acquérir contre un point de textile sur leurs cartes de rationnement.

Et puis, les 16 et 17 juillet 1942, 13 152 personnes juives, dont 4 115 enfants, furent arrêtées et parquées au Vélodrome d'hiver par des policiers et des gendarmes français qui n'avaient pas discuté les ordres, ni cherché à savoir ce qui se produirait ensuite. Moins de 100 personnes reviendraient. Aucun enfant parmi ces survivants. De la répression brutale, on bascula dans un irrémédiable cauchemar.

Une majorité des Français qui ne pensaient qu'à survivre commençaient à prendre conscience de l'oppression croissante exercée par l'occupant, et de la propagande mensongère de Vichy. Il était de moins en moins possible de fermer les yeux, ni même de les détourner. On arrêtait, on torturait et on assassinait les opposants de tout genre. La délation battait son plein, on dénonçait son voisin par vengeance, lâcheté, intérêt. Après les Juifs, les Tsiganes, les francs-maçons, les communistes, qui allait-on persécuter ? Personne ne se sentait à l'abri, et rien ne semblait pouvoir entraver la marche destructrice du IIIe Reich.

Dans un secret encore plus grand, des particuliers, parfois des villages entiers, cachaient des Juifs ou les aidaient à s'enfuir.

Goering, lui, continuait son marché parisien. Pour sa quinzième visite au Jeu de Paume, en juin, il s'était fait expédier pas moins de 90 caisses, surtout remplies de livres et de meubles ; parmi les quelques tableaux figuraient tout de même un Boucher, un Van Dyck et un Van Ostade. Il semblait que les services de l'ERR récoltaient plus de mobilier que de peintures. Rose écrivit dans son rapport à Jaujard : « Tout ce qui provient actuellement du déménagement des appartements juifs est divisé en plusieurs parties : l'une d'elles, celle qui présente un intérêt artistique, est amenée au Jeu de Paume. Une autre est expédiée directement en Allemagne pour aménager des installations pour les soldats et les officiers en Pologne et à l'arrière du front de l'Est où tout est dévasté. Enfin d'autres meubles et du matériel sont provisoirement entreposés dans un hangar ou un garage à proximité du métro Richelieu-Drouot. »

Fin novembre, Rose vit Goering emporter 85 œuvres, dont une Diane chasseresse, une Nativité de Boucher, une nature morte de Chardin, une pastorale de Fragonard, un petit Rembrandt de la collection Bacri. Le marchand collaborationniste Jacques Beltrand les expertisa en annonçant des sommes ridicules… et offrit deux dessins à Goering, « en hommage personnel ».

Le même mois, une bouffée d'espoir fut suivie d'une cruelle riposte. Les Alliés avaient débarqué en Afrique du Nord. En réaction, l'Allemagne nazie envahit la zone libre. Les spoliateurs se frottèrent les mains : la chasse aux trésors allait désormais pouvoir s'étendre à toute la France.

« Impossible de rien sauver »

Soixante-quinze bouteilles de champagne, vingt et une bouteilles de cognac, seize tableaux hollandais et flamands : les cadeaux que le Jeu de Paume avait envoyés à Goering pour son anniversaire avaient de quoi réjouir l'ogre nazi. Mais ni l'alcool ni les scènes de genre ne l'égayèrent ce jour-là. La baudruche se dégonflait.

En février 1943, après sept mois de massacres qui se soldèrent par près de deux millions de morts, l'Armée rouge avait infligé une lourde défaite aux Allemands à Stalingrad. Goering avait sa part de responsabilité dans cet échec qui fit soudain vaciller l'apparente invincibilité de l'Allemagne nazie. Il avait lamentablement échoué à ravitailler les troupes avec sa Luftwaffe, malgré ses promesses répétées. 300 000 soldats de la Wehrmacht allaient mourir encerclés dans la ville, à la merci du froid, de la faim et de la rage combattante des Soviétiques.

Dans ce tournant irrévocable, Goering avait enfin prouvé son incapacité de remplir une seule de ses fonctions, pas même dans son domaine, l'aviation militaire. En réalité, cela faisait déjà un an qu'il ne s'intéressait plus au déroulement des opérations.

Avant même la contre-offensive des Soviétiques, le second du Reich avait pressenti que la guerre était perdue. Comme si ce doute avait jeté une ombre sur son optimisme béat, il avait vu s'effondrer rapidement son influence et son prestige auprès de ses aviateurs, qu'il n'avait de toute façon jamais bien traités. Les autres chefs de file du parti, toujours prompts à s'entre-tuer, jubilaient de sa chute irrévocable. Car Hitler aussi perdit patience, et confiance, envers celui qu'il avait désigné jusque-là pour le remplacer en cas d'accident ou d'attentat. Il ne le démit pas pour autant de ses fonctions, et le laissa continuer à exercer son rôle de représentant du Reich.

Drôle de représentant, en vérité. Goering paraissait plus gros, plus fardé, plus déguisé que jamais. Sa dépendance à la morphine le dévorait, un obscur mélange de médicaments le rendait léthargique, quand cela ne lui insufflait pas une énergie déplacée. Conscient d'être tombé en disgrâce auprès de Hitler, il n'avait qu'une peur : qu'on le prive de ses privilèges et de ses richesses.

Il se réfugiait de plus en plus souvent à Carinhall, dans son univers enchanté de tableaux, de meubles massifs et de sculptures artistiques, dans le déni du monde qu'il avait contribué à vouer au néant. S'il restait fidèle à Hitler, seule sa famille proche lui restait fidèle, à lui.

Son assiduité au Jeu de Paume s'en ressentit et ses visites s'espacèrent. Von Behr fut écarté à son tour et relevé de ses fonctions à l'ERR. On lui confia la Möbel-Aktion, service de pillage du mobilier des appartements laissés par les familles juives exilées ou déportées, destiné à meubler les administrations et les villes allemandes bombardées à l'Est. Ce service viderait 38 000 logements rien qu'à Paris. Robert Scholz dirigerait l'ERR à la place de von Behr, mais en restant à Berlin ; profitant de la débâcle de Goering, Alfred Rosenberg s'allia avec lui pour reprendre les rênes de son service.

Alors que l'été réchauffait à peine une capitale enlisée dans sa routine de privations, d'arrestations et de résignation, l'ERR inspecta le séquestre du Louvre et les salles du Jeu de Paume contenant des œuvres modernes. On procéda à un nouveau tri pour séparer les plus belles toiles de Courbet, Manet et Degas des œuvres les plus radicales, selon les « sensibilités » nazies.

« Scholz et son équipe continuent leur choix parmi les tableaux au séquestre du Louvre et donnent des coups de couteau dans les toiles qu'ils ne veulent pas garder, écrivit Rose. C'est ainsi qu'ils détruisent les œuvres de Masson dans leur presque totalité, tous les Dalí. Les peintures des collections Löwenstein, Esmond, M.-G. Michel sont presque toutes déchiquetées. Les œuvres de Picasso ne sont pas toutes respectées, plusieurs sont coupées en morceaux. »

Fin juillet, en arrivant au Jeu de Paume, Rose aperçut une grande colonne de fumée s'élevant au-dessus de la terrasse des Tuileries. Des soldats nourrissaient un feu gigantesque, les flammes jaillissant à chaque objet qu'on y jetait. Épouvantée, Rose reconnut les tableaux modernes du Louvre, lacérés et arrachés de leurs cadres. Picasso, Paul Klee, Max Ernst, Fernand Léger flambaient sous le soleil d'été. Invendables, inutiles, détestables aux yeux du Reich, ces toiles subissaient le même sort que les œuvres brûlées dans la cour de la caserne des pompiers de Berlin, le 20 mars 1939. « Impossible de rien sauver », inscrivit-elle d'un trait tremblant.

Encore sous le choc, Rose se tenait la tête entre les mains dans le bureau de Jacques Jaujard, lorsque arriva une nouvelle qui les acheva. Le retable de Gand, que les Musées nationaux avaient placé à l'abri à Pau à la demande de la Belgique, venait d'être remis au docteur Buchner, le directeur des musées de Bavière, sur ordre du gouvernement de Vichy par télégramme.

Jaujard fulminait. *L'Agneau mystique* des frères Van Eyck était l'une des plus grandes œuvres du patrimoine mondial. Il avait exigé qu'on ne touche pas à ce retable sans avoir fourni trois autorisations, la première signée de lui-même. Sans en fournir aucune, obéissant à Vichy, le conservateur du musée de Pau avait remis les précieux panneaux au docteur Buchner, en signe de « bonne volonté ». Wolff-Metternich se précipita à la tête d'un commando spécial de la Wehrmacht, et arriva trop tard.

Un camion militaire avait emporté les précieux panneaux sans rencontrer de résistance.

Ulcéré, Jaujard fit voter une motion pour condamner la cession de cette œuvre inaliénable. En réponse, son supérieur, Abel Bonnard, ministre collaborationniste de l'Instruction publique, lui infligea un blâme. C'en était fait des relations entre le directeur des Musées nationaux et son propre gouvernement. Il ne pourrait plus compter non plus sur l'aide providentielle de Wolff-Metternich : celui-ci avait été congédié et renvoyé à Berlin après s'être insurgé contre le vol du retable.

Au Louvre, on comprit qu'il ne s'agissait plus de s'approprier des collections privées juives, mais d'appliquer le rapport Kümmel. Dès 1940, Goering et Goebbels s'étaient mis en tête de récupérer toutes les œuvres qui avaient été emportées « illégalement » d'Allemagne, par vente ou conquête militaire, depuis le XVIe siècle. Kümmel, le directeur des Musées de Berlin, fut chargé d'établir un catalogue de ces pièces considérées comme appartenant à l'empire et à la culture germanique, disséminées dans le monde entier. Mille huit cents œuvres étaient concernées en France. Le rapport prétendait que l'Allemagne avait été spoliée, volée… et voulait effacer l'humiliation du traité de Versailles. Celui-ci réclamait dans son article 247 « la remise de 12 panneaux du retable (de Gand) à titre d'indemnisation » ; ils avaient alors quitté Berlin pour Gand.

Les nazis, croyait-on jusque-là, devaient attendre la victoire finale du Reich avant de s'emparer de l'ensemble, pour le donner au Führermuseum. Ce rapt inattendu confirmait que le temps pressait, que plus aucune limite juridique ou administrative ne les empêcherait d'extorquer toutes les œuvres désirées, qu'elles soient publiques, privées, sous la protection des Musées nationaux ou non.

Pendant ce temps, Bruno Lohse, indéboulonnable, triomphait. Après une longue traque menée par des enquêteurs allemands et des indicateurs français, il venait de retrouver la collection d'Adolphe Schloss. Les enfants de celui-ci, qui en avaient hérité, l'avaient mise à l'abri dès 1939 au château du Chambon, en Corrèze. Elle avait été repérée, brutalement saisie par la Gestapo, restituée aux autorités françaises sur ordre de Pierre Laval… avant d'être remise aux Allemands sur contrordre d'Abel Bonnard.

Au moins aussi désirable que l'étaient celles des Rothschild, cette collection était riche de 300 toiles hollandaises et flamandes – dont six Rembrandt. Elle correspondait parfaitement aux goûts de Hitler et de Goering. Ce dernier y repéra un Cranach, mais on lui signifia qu'il était réservé au musée de Linz, tout comme 261 autres tableaux envoyés au Jeu de Paume. Étant donné sa position fragile dans l'estime du Führer, mieux valait faire profil bas. Le Reichsmarschall rentra ses griffes. Cette fois, Jaujard put réagir : le Louvre disposait d'un droit de préemption, qui donnait aux musées une priorité d'achat lors des ventes. Il en fit usage à temps sur 49 pièces.

Cette prise exceptionnelle décida Alfred Rosenberg à se rendre au Jeu de Paume en personne, le

4 novembre, pour montrer qu'il reprenait la main sur « son » ERR. On lui prépara une exposition, complétée par des œuvres de la collection David-Weill, des toiles françaises du XVIIe au XIXe siècle, ainsi que du mobilier et de petits objets. Quelqu'un eut l'idée de décorer les lieux de chrysanthèmes pour sa venue, qui donnèrent au musée des couleurs de cimetière.

Rosenberg arriva au musée avec un cortège de sept voitures. Il jeta un coup d'œil rapide sur les œuvres, indifférent à leur beauté – seule comptait la satisfaction qu'elles procureraient au Führer. Dès qu'il partit, des employés de l'ERR dépouillèrent les salles des fleurs mortuaires.

Rose assista au départ des 262 chefs-d'œuvre de la collection Schloss pour Munich, où Hitler était censé les réceptionner en personne. Accaparé par d'autres priorités, il les oublia.

Au bout de longs mois de patience, à saisir des propos imprudents au vol et à recouper des informations, Rose finit par obtenir le nom et l'emplacement des autres dépôts où partaient les œuvres saisies en France. Des lieux que bien des employés de l'ERR ignoraient eux-mêmes : en plus de Munich et de Füssen figuraient le monastère de Buxheim en Bavière, Amstetten et Kogl en Autriche, Nikolsburg en Tchécoslovaquie.

Ébranlée par les vents hostiles qui soufflaient depuis Stalingrad, la paranoïa innée des nazis monta d'un cran. Les chefs de l'ERR exigèrent que les employés français du Jeu de Paume signent une déclaration selon laquelle ils ne diraient rien de ce qu'ils avaient vu et entendu au musée, ni pendant, ni après la guerre. Rose expliqua avec patience que des fonctionnaires français ne pouvaient s'engager ainsi envers une puissance étrangère, et réussit à esquiver cette demande. Elle et son équipe perdirent les rares égards que les occupants du musée leur témoignaient.

Elle en craignait quelques-uns, pas tous. Avec le temps, la courtoisie guindée de von Behr s'était muée en mépris mal dissimulé. C'était mieux ainsi : occupé à voler des meubles, il lui parlait le moins possible et ne jugeait pas utile de la surveiller. Les changements d'humeur de Lohse, eux, pouvaient être spectaculaires.

Alors que rien ne l'empêchait d'emporter en douce des tableaux ou des meubles pour lui-même, il hurlait lorsqu'un nouveau vol était découvert. Il promettait de faire fusiller les coupables, qu'on ne démasquait jamais. Tout le monde savait qu'une employée, Anne-Marie Tomfelder, se faisait livrer des salons entiers, de l'argenterie, des bijoux et des fourrures confisqués. Nul besoin d'être trop discrète, ou de s'inquiéter des menaces de Lohse : c'était la fiancée de Hermann von Ingram, l'un des chefs de service de l'ERR. Pour leur mariage, elle s'offrirait un cadeau de noces de choix : des couteaux à manche de nacre et un confiturier de la collection L. L. Dreyfus.

Un jour, Rose prit Bruno Lohse en flagrant délit de vol sur des biens promis à… Goering. Elle nota dans une fiche : « Expédition d'une caisse par le Dr Lohse à l'adresse de sa mère à Berlin. Cette caisse contenait des gravures illustrant l'œuvre de Goethe et de Corneille offertes par M. Jacques Beltrand à M. le maréchal Goering avec ses sentiments respectueux pour le Reichsmarschall et ses meilleurs sentiments pour le bon et cher (textuel) Dr Bruno Lohse. »

À nouveau convoquée et interrogée sur les vols, Rose parvenait à désamorcer les situations en gardant son calme. Une fois, cependant, elle s'insurgea et haussa le ton. Elle fit remarquer à Lohse qu'il était très peu probable que les voleurs soient les employés français ; d'ailleurs, il n'était pas normal qu'eux seuls soient fouillés. Alors qu'elle pensait avoir passé les bornes, Lohse lui donna raison et promit que l'ensemble du service serait désormais soumis aux mêmes contrôles. Après avoir rechigné à signer de nouvelles attestations, le personnel allemand finit par obéir.

Rose éprouvait plus de perplexité que de ressentiment envers ces experts en blouse blanche de l'ERR. Ils étaient venus à Paris non pour leurs convictions idéologiques ou belliqueuses, mais pour leurs connaissances artistiques. Ils n'aimaient pas plus que Rose d'être traités comme de la vulgaire main-d'œuvre, commandés par des militaires en uniforme, inventoriant des chefs-d'œuvre comme des paquets de viande dans une chambre froide.

L'autre exception était le docteur Borchers, propulsé à la tête d'un service qu'il abhorrait. Rose appréciait sa franchise ; ses confidences pourraient lui valoir de sérieux ennuis auprès de sa hiérarchie.

La brutalité des confiscations à domicile, la malfaisance et la suffisance de ses compatriotes le hérissaient, disait-il. Il ridiculisait le goût des officiels : les bustes d'Arno Breker représentant Wagner et Hitler, qu'on venait d'envoyer à Goering ? Très mauvais ! Le contenu des dépôts de Füssen ? Un fouillis où d'authentiques trésors étaient mélangés avec des faux… Depuis le début, sa mission d'expert le déchirait, sans qu'il puisse s'y soustraire.

Puis, à la fin de l'année, des vrombissements de plus en plus rapprochés éveillèrent des espoirs fous en aiguisant les nerfs des occupants. Les bombardements alliés avaient commencé. À Munich, où le chaos flambait, le Führerbau fut pillé. La sélection Schloss disparut.

La ville d'un employé allemand de l'ERR avait été touchée par les bombes. Sans nouvelles de sa famille, il murmura à Rose : « Je suis puni pour ce que je fais. »

Le glas de la terreur

Elle ne l'avait pas entendu arriver. Rose était en train de consulter des papiers sur un bureau qui n'était pas le sien. Un léger bruit venant de l'entrée la fit se retourner : Bruno Lohse se tenait dans l'encadrement de la porte, la paralysant du regard. Un bref échange s'ensuivit où Rose mobilisa toutes ses ressources de sang-froid.

« Il en profite pour me rappeler que tout le monde ici doit garder le secret et qu'il y aurait des risques sérieux à parler de ce qui se passe dans la maison, rapporta-t-elle à Jaujard ensuite. En me regardant dans les yeux il me dit que je pourrais être fusillée. Je lui réponds calmement que personne ici n'est assez stupide pour ne pas savoir les risques qu'il court. »

Lohse était de méchante humeur : un échange particulièrement lucratif pour lui venait d'être annulé par son supérieur Robert Scholz. Lorsqu'il partit en congé purger sa colère, l'ensemble du musée respira enfin. Rose trouva un réconfort à évoquer le cas Lohse, ses combines et sa toute-puissance, avec le docteur Borchers, qui le haïssait au moins autant qu'elle. Celui-ci doutait que ce gommeux puisse rester intouchable très longtemps. Les nazis, il était bien placé pour le savoir, avaient tendance à changer d'opinion sur leurs semblables en un rien de temps, selon leur intérêt ou leur humeur du jour. Un Allemand à un poste important pouvait perdre sa position sur un simple courrier. Von Behr en avait fait l'expérience. Qui serait le prochain ?

Rose ne se laissa pas intimider par sa récente mésaventure. Elle évacua les tensions en espionnant de plus belle, relevant les numéros et les initiales d'expéditions importantes, dont la plupart étaient destinées au dépôt de Nikolsburg, en Tchécoslovaquie. Plus que jamais, elle veillait à ne pas se faire surprendre. Elle savait Lohse capable de mettre ses menaces à exécution. Joyce travaillait toujours à l'ambassade des États-Unis et y gagnait une relative sécurité. Mais si quelque chose devait arriver à Rose, il faudrait peu de temps avant que l'on ne remonte jusqu'à elle, et qu'elle ne soit punie à son tour. Être deux, cela allégeait peut-être les temps de guerre, mais pas l'inquiétude pour l'autre.

L'Occupation aspirait toute vie en France depuis déjà quatre ans. Les violences de la Milice, organisation paramilitaire récemment formée par Vichy pour mater les opposants internes, s'ajoutaient à celles des nazis qui entretenaient la peur, multipliaient les arrestations et les châtiments. Les longues files d'attente devant des boutiques presque vides étaient devenues la corvée quotidienne d'une population épuisée.

Des alarmes résonnaient fréquemment, interrompant les spectacles et les séances de cinéma, précipitant les gens dans les abris les plus proches. Les bombardements britanniques se multipliaient, avec des victimes collatérales. Diffusées aux actualités cinématographiques, les images des villages détruits et des civils sacrifiés attisaient la propagande antialliés. Sur la BBC, le « Chant des partisans » tentait de réconforter la population, dont une infime partie était engagée dans la Résistance. Les autres attendaient, prudents, inquiets, l'issue d'un conflit qui semblait s'enliser à nouveau dans les destructions aveugles.

Il en fallait peu, pourtant, pour se réchauffer à la flamme du patriotisme. Le 26 avril 1944, le maréchal Pétain eut l'autorisation de quitter Vichy pour une visite éclair à Paris, que la presse, censurée, n'annonça pas. Venu assister à une messe donnée à Notre-Dame pour les victimes des bombardements alliés, il se rassura sur sa popularité devant le bon accueil des fidèles. Puis il se présenta à l'Hôtel de Ville, et improvisa un discours devant plusieurs milliers de personnes, où se mêlaient badauds et partisans prévenus par le bouche-à-oreille. Le maréchal de 88 ans s'adressa à son peuple avec la mièvrerie d'un lointain grand-père. Les mots « petite visite de reconnaissance », pour bien montrer son caractère non officiel, et la déclaration « Je suis venu ici pour vous soulager de tous les maux qui planent sur Paris » se perdirent dans un bourdonnement, faute de sonorisation adéquate. La foule, qui n'avait presque rien entendu, l'acclama. Si sa politique de collaboration avait gardé de forts soutiens, Pétain représentait aussi, pour beaucoup, la France triomphante de 1918. On se grisait surtout de voir le drapeau tricolore hissé sur le fronton de l'Hôtel de Ville, et de pouvoir chanter à nouveau en chœur « La Marseillaise », interdite depuis la défaite. Le vent tournait…

À l'insu des Français divisés, une opération de grande ampleur se préparait pour ouvrir un front à l'ouest. Les Allemands s'attendaient à un débarquement allié sur les côtes du Pas-de-Calais, les plus proches de l'Angleterre. Des unités factices avaient été disposées autour de Douvres pour berner leurs avions de reconnaissance. Le leurre fonctionna : l'opération *Overlord* fut lancée en Normandie.

Des messages codés furent échangés par radio. Dans l'un d'eux, Jaujard parvint à communiquer aux Alliés l'emplacement mis à jour des dépôts à ne pas bombarder. Des lettres géantes « musée du Louvre », lisibles par les aviateurs, furent tracées au sol près des bâtiments concernés. Outre-Rhin aussi, on s'assura que les œuvres ne soient pas touchées par les combats à venir. Alors que ses forces militaires s'enlisaient, Hitler ordonna de protéger ses dépôts, et de transférer les œuvres les plus importantes de ses collections dans les gigantesques mines de sel de Steinberg, près d'Altaussee, en Autriche.

Enfin, le 6 juin, les côtes normandes virent arriver des centaines de milliers d'hommes, presque autant de véhicules et des milliers d'avions, de navires et de tonnes de bombes. Britanniques, Américains, Canadiens déferlèrent comme des vagues sur une région où bocages et pâturages allaient perdre leur vert d'été sous le carmin du sang. Les Alliés venaient libérer la France du joug nazi.

À Paris, on suivait les événements avec une impatience croissante. L'espoir devenait enfin tangible, même si la radio ne fonctionnait plus et que les nouvelles arrivaient au compte-gouttes, sous forme de rumeurs. Une insurrection commença ; cheminots, policiers se mettaient en grève pour aller se battre. L'ennemi, lui, brûlait ses archives et préparait son évacuation vers l'Allemagne. Jour après jour, on suivait la progression de la 2e division blindée du général Leclerc, en route pour Paris.

Au Jeu de Paume, on avait les mains moites, on s'agitait encore plus que de coutume. La direction de l'ERR exigea à nouveau des employés français qu'ils signent une déclaration de confidentialité. Rose parvint cette fois encore à leur éviter cette mesure. Des secrétaires de l'ERR disparurent alors l'une après l'autre. L'une d'elles, une Allemande mariée à un Français, fut retrouvée et inculpée pour espionnage. L'autre, une certaine Simone Beaufils, n'avait pas donné signe de vie depuis un mois. En découvrant qu'elle avait laissé une fausse adresse, les Allemands la firent rechercher pour trahison. Rose ignorait si ces accusations étaient justifiées. Elle n'avait pas démasqué d'autre espionne qu'elle…

La plupart des fonctionnaires masculins de l'ERR, eux, furent appelés au front. Ils quittèrent en toute hâte les bureaux et les dépôts, non sans emporter quelques tableaux sous le bras. Von Behr resta à son poste le temps de presser ses équipes d'emballer tout ce qui pouvait être expédié en Allemagne, afin de déguerpir avant l'arrivée des Alliés.

Bruno Lohse, qui s'était jusque-là félicité d'avoir vécu la guerre vautré dans le confort, avait échappé à la mobilisation forcée en feignant de s'être cassé la jambe. Fin juillet, « guéri », il annonça théâtralement qu'il partait au combat. Rose nota : « Départ à grand fracas de Lohse pour la Normandie, revolver à la ceinture. Il dit son enthousiasme d'aller à la bataille. Il revient deux jours après, sa camionnette chargée de volailles, de beurre, d'un agneau à faire rôtir. À la suite de cet exploit un grand festin a lieu le 28 juillet au 54, avenue d'Iéna, avec le baron von Behr. » Un bon dîner vaut bien une trêve entre collègues, dans Paris affamé par le rationnement.

Le 9 août, Rose fit passer à Jaujard une note mi-rassurée, mi-inquiète : « Von Behr et Lohse sont partis en disant qu'ils reviendraient dans quelques jours. Il serait bien préférable pour nous que ces deux personnages ne soient pas là aux dernières heures de l'Occupation. Ils n'auraient pas ainsi la tentation de supprimer non seulement les traces de leur passage, mais encore les témoins. »

Le 15 août, après le débarquement des côtes provençales, la tension monta d'un cran. Les blindés allemands traversaient Paris tandis que les chars alliés s'approchaient de la capitale. Le 19, Rose entendit les premiers tirs. Les Parisiens en civil avaient pris les armes : ceux qui vivaient jusqu'ici dans la peur, hommes, femmes, enfants, sortirent former des chaînes pour ériger des barricades. Des explosions faisaient vibrer les sols et les murs. Une fumée noire s'élevait au-dessus du Grand Palais en flammes.

Rose se précipita à l'ambassade américaine pour presser Joyce de se barricader chez elles. Puis elle se réfugia dans le bureau de Jaujard, au Louvre. Des employés voulurent hisser le drapeau français sans attendre sur le fronton du musée. Prudent, Jaujard s'y opposa. Il était encore trop tôt pour narguer un ennemi armé, qui n'avait plus rien à perdre. Rose rapporta avoir vu le même drapeau hissé devant la préfecture de police, qui avait prêté ses camionnettes pour transporter des collections spoliées. Dès que la voie fut libre, elle retourna au Jeu de Paume.

Son musée était devenu un champ de bataille. Dans le bâtiment et tout autour, dans le jardin des Tuileries, les Allemands formaient leurs propres barricades pour se préparer aux combats. Rose s'installa à l'étage et surveilla les événements d'en haut, six jours durant, rechignant à quitter son poste d'observation pour se nourrir ou dormir.

Enfin, le 24 août au soir, les cloches sonnèrent : la 2e DB venait d'entrer dans Paris. Le lendemain,

Leclerc et ses chars arrivèrent rue de Rivoli, sous les acclamations de la foule. À la liesse collective se mêla une fièvre de vengeance, qui se tourna vers les Allemands. On n'hésitait plus à se jeter sur les uniformes vert-de-gris pour les arracher, les rouer de coups, le visage tordu par le même souffle qui criait la liberté retrouvée.

La foule aperçut alors un employé du Jeu de Paume sur le toit du musée. Le brave homme, qui voulait assister à la victoire, fut pris pour un ennemi embusqué. Plusieurs personnes entrèrent de force dans le musée, pour tomber sur Rose qui tenta de leur barrer le chemin. On la soupçonna de cacher des Allemands. Sous la menace d'une arme, elle conduisit ses compatriotes au sous-sol, où ils trouvèrent les collections permanentes, intactes. Pas d'ennemi en vue. Rose chassa les intrus, furieuse mais soulagée qu'aucun soldat ne s'y soit réfugié à son insu.

Dans les rues, les balles fusaient, criblaient les murs, les vitres et les corps à découvert. Des soldats de la Wehrmacht moururent sous les yeux de Rose. Un obus tomba sur le musée de l'Orangerie, voisin du Jeu de Paume, endommageant les *Nymphéas* que Monet avait offerts à la France le lendemain de l'armistice de 1918…

Six cents Allemands furent parqués dans la cour carrée du Louvre, transformée en camp de prisonniers. Paniqués par la foule qui semblait fondre sur eux, les soldats forcèrent les entrées du Louvre pour s'y cacher ; certains se glissèrent dans des sarcophages égyptiens.

Au même moment, Jaujard et sa collègue Jacqueline Bouchot-Saupique traversaient la rue de Rivoli jusqu'à l'Hôtel de Ville, encadrés par une haie de déshonneur qui les traitait de traîtres avec des crachats. Ils avaient caché des Allemands au Louvre ! hurlait-on. Un message de la Résistance arriva à point nommé pour les sauver d'un possible lynchage. Autour d'eux, des hommes continuaient de rugir, fusil ou pistolet en main. On piétinait l'ennemi, dans une poussée furieuse en avant. Une femme à la robe déchirée brandissait le drapeau tricolore.

Jaujard se retrouvait projeté dans *La Liberté guidant le peuple* de Delacroix.

Terminus Aulnay-sous-Bois

Rose, elle, n'avait toujours pas l'intention de fuir. Un dernier convoi ordonné par von Behr regroupait des œuvres modernes destinées à être vendues en Tchécoslovaquie pour remplir les caisses vides de la Reichsbank. Le 1er août, un chargement exceptionnel de 148 caisses d'œuvres, contenant 1 200 tableaux, s'empilait sur les camions de la Wehrmacht. On l'embarqua jusqu'à la gare où il fut transféré dans un train de cinq wagons, scellés et gardés par des sentinelles. Ce train ne partit pas directement à Nikolsburg, il stationna à la gare d'Aubervilliers en attendant de compléter un chargement de 47 wagons de meubles volés.

Rose récupéra *in extremis* le numéro des wagons sur les bordereaux de von Behr, ainsi que la liste de leur contenu. Elle transmit les informations à Jaujard qui les fit passer à la Résistance des chemins de fer. Le jour prévu pour le départ, les cheminots se mirent en grève. Le train fut ensuite dévié pour en laisser passer d'autres avec un chargement plus pressé : des soldats allemands qui quittaient le pays au plus vite. Puis les cheminots simulèrent des pannes de locomotive, des voies coupées par sabotage, des erreurs d'aiguillage… Pour enfin immobiliser le train au Bourget, pendant quarante-huit heures, avant de le dévier vers Aulnay-sous-Bois.

Von Behr finit par comprendre qu'on se payait sa tête. Il hurla, tempêta, menaça de mort, dans le vide. Au bout de trois semaines à serpenter lentement comme un train fantôme, le précieux convoi n'avait parcouru que quelques kilomètres.

Arriva un moment où les cheminots épuisèrent leurs prétextes. Von Behr trouva une locomotive en état de marche et décréta que le train prendrait le départ le 27 août. Un jeune lieutenant de la division Leclerc reçut alors l'ordre de se rendre au plus vite à la gare d'Aulnay-sous-Bois. Lui et ses camarades arrivèrent à temps pour arrêter un prétendu convoi de marchandises qui devait partir pour l'Allemagne. Le lieutenant, qui s'appelait Alexandre Rosenberg, découvrit à l'intérieur un grand nombre d'œuvres d'art moderne… dont la plupart appartenaient à son père, Paul Rosenberg.

Rose demanda à transférer les toiles de Paul Rosenberg au Jeu de Paume, déserté par von Behr et Lohse qui avaient réussi à s'enfuir en Allemagne. Elle qui aimait voir la peinture à plat fit disposer les toiles au sol et les contempla longuement. C'était étourdissant. À ses pieds dialoguaient des tableaux de Cézanne, Gauguin, Modigliani, Renoir, Picasso,

Dufy, Braque, Foujita, Degas, Toulouse-Lautrec, Vlaminck, Utrillo, Picasso, Segonzac, Bonnard, et une cinquantaine de Marie Laurencin, au complet, indemnes. Ils étaient à l'abri, avec Rose, dans les murs de son royaume où un calme immense était revenu, pour la première fois depuis quatre ans.

Le Jeu de Paume était purgé de l'ERR.

Vers une mission de confiance

Au lendemain de la Libération, l'exaltation de la liberté retrouvée fut entachée par une épuration sauvage. On se vengea comme on avait vécu : dans la violence, l'esprit de revanche et l'humiliation. Des milliers de femmes furent tondues en place publique, soupçonnées d'avoir couché avec l'ennemi. Des hommes accusés de délation ou de collaboration furent pendus, fusillés, lynchés sans procès, dans un pays où l'autorité n'existait plus, où le gouvernement provisoire de De Gaulle ne pouvait encore instaurer un ordre apaisé.

À la fin de l'année 1944, une grande partie de la France était libérée, mais en ruines. Des blessures mettraient longtemps à être pansées, à défaut de cicatriser.

Rose, elle, n'avait aucune envie de gifler les Allemands dans la rue. La vengeance était une manière vaine de détruire les souffrances du passé, et elle préférait regarder en avant, réparer ce qui pouvait l'être. Consacrer ses forces à accomplir enfin cette idée fixe qui l'avait fait tenir et remplir ces fiches au péril de sa vie pendant quatre ans : retrouver, récupérer et restituer le patrimoine volé.

Les œuvres publiques françaises laissées en sûreté dans les châteaux et abris s'apprêtaient à rentrer chez elles. Presque aucune perte ne fut à déplorer. Elles avaient échappé par miracle aux bombes, aux incendies, aux inondations. Seuls le froid et l'humidité avaient laissé quelques traces, vite restaurées. Il allait falloir plus d'un an pour que le Louvre retrouve tous ses pensionnaires. Une grande exposition salua le courage de leurs gardiens et protecteurs dans tout le pays.

En ce qui concernait les collections privées, les inventaires officiels donnaient une idée de l'ampleur du trafic. À la date d'août 1944, 203 collections particulières avaient été pillées. Soit plus de 21 900 objets d'art, dont 10 000 tableaux, dessins, gravures ; 500 000 meubles et objets domestiques, et plus d'1 million de livres et manuscrits, sans compter les disparitions, les vols en interne, voire les oublis. En incluant les autres pillages clandestins, les nazis avaient dérobé 100 000 objets d'art, systématiquement, méthodiquement, avec la collaboration du régime de Vichy et de particuliers français.

Une vie ne suffirait pas à les retrouver et à les rendre à leurs propriétaires. Qu'importe : Rose était prête à y consacrer la sienne.

Quelques semaines après la Libération, le gouvernement provisoire et le ministère de l'Éducation nationale reconnurent l'importance de ces recherches, alors que l'urgence était au retour difficile de la paix. Une Commission de récupération artistique, ou CRA, fut mise en place dès novembre. Elle serait chargée de la mission qui occupait déjà l'esprit de Rose : retrouver l'ensemble des objets volés, en Allemagne et dans les autres pays, pour les rapporter chez eux.

À sa tête fut placé l'historien d'art Albert Henraux, président de la Société des amis du Louvre, vice-président du Conseil des musées nationaux, et l'un des principaux contacts de Jaujard dans la Résistance. Rose méritait un poste à la hauteur de ses récents faits d'armes, mais sa position hiérarchique lui permit tout juste d'être nommée secrétaire générale. On attribua à la CRA un siège de choix : le Jeu de Paume, pour en chasser les fantômes.

Au début, il fut surtout question de documents, et de nouvelles listes à établir. Rose vit affluer des milliers de plaintes. On en tira un Répertoire des biens spoliés de 1939 à 1945, plusieurs volumes traduits en trois langues qui donnaient une idée des méfaits accomplis et de l'ampleur de la tâche à venir.

Or, la fin de la guerre avait mené à un partage des territoires qui complexifiait chaque initiative. Une commission britannique s'était également formée pour récupérer les œuvres spoliées, et un bureau allié régi par la SHAEF – Supreme Headquarters Allied Expeditionary Force, l'état-major suprême de la force expéditionnaire alliée – s'installa à Paris pour travailler avec la CRA. On pressa Rose de donner ses informations. Elle refusa. Elle connaissait trop bien l'administration, ses lenteurs et sa propension à laisser dormir des documents pour confier ses précieuses notes à un bureaucrate qui les oublierait dans un tiroir.

Et puis, elle se sentait liée à ces collections, qu'elle avait vues déracinées, parquées en transit, à nouveau déplacées sans qu'elle puisse rien faire pour l'empêcher. À présent, elle détenait, et elle seule, le moyen de les retrouver. Elle doutait qu'une autre personne qu'elle-même leur accorde autant d'importance.

Non, si elle devait les confier à quelqu'un, il faudrait d'abord que cette personne s'en montre digne. Sa nature et les années écoulées l'avaient rendue imperméable aux prières, aux injonctions répétées. Elle savait que la CRA ne suffirait pas. Il lui faudrait un allié, et comme en juin 1944, c'est d'Amérique que débarqua celui-ci.

Un « Monuments Man » à Paris

Au milieu de la foule en liesse qui mêlait Alliés et Parisiens, le 25 août 1944, un officier américain repoussa les embrassades en souriant, et joua des coudes pour longer seul les quais de Seine. Il se tordit le cou en contemplant les immeubles haussmanniens, la façade du Louvre, la flèche de Notre-Dame, comme s'il les voyait pour la première fois.

Avec sa mâchoire carrée, son air goguenard et sa cigarette calée au coin de la bouche, James Rorimer avait tout du GI. Avant la guerre, pourtant, il se promenait en costume de tweed dans les grandes salles médiévales des Cloîtres, au nord de Manhattan. Rorimer n'était pas un soldat ordinaire : c'était un « Monuments Man ».

Issu d'une famille modeste, diplômé de Harvard, il s'était hissé au poste de conservateur des collections médiévales du Metropolitan Museum de New York, à moins de 40 ans. L'attaque de Pearl Harbor l'avait conduit à s'engager dans l'infanterie en 1943, avant de rejoindre une unité militaire de protection d'œuvres d'art et de monuments historiques qui venait tout juste d'être créée, avec l'appui de Roosevelt : le MFAA – Monuments, Fine Arts, and Archives Program.

Trois cent cinquante personnes de 13 nationalités différentes composèrent ce service anglo-américain chargé de localiser le patrimoine et de le protéger en zones de guerre. La plupart étaient des historiens d'art quadragénaires, plus familiers des cimaises, des archives et des bibliothèques que des garnisons, des rangers et des mitraillettes. Même si de nombreuses femmes furent engagées, on surnomma rapidement ce groupe « les Monuments Men ».

Le 26 mai 1944, Eisenhower leur ordonna d'aller en Europe pour protéger les monuments historiques et les églises des bombardements ou des dégâts provoqués par les batailles. Leur première mission fut de vérifier que les ordres de préservation étaient appliqués. Une quinzaine de « Monuments Men » américains agirent en Europe. James Rorimer fut l'un d'eux.

Il arriva en Angleterre au début de l'année 1944, et en Normandie bien après le Débarquement, le 3 août. Étant donné les besoins de l'infanterie, il découvrit que les « Monuments Men » ne disposaient que de très peu de moyens matériels. Leur position dans le corps militaire et leur hiérarchie étaient floues, leur autorité difficile à déterminer, même vis-à-vis des civils.

Par chance, son état-major envoya rapidement Rorimer à Paris rejoindre le véritable but de son voyage : la section Seine, destinée à protéger les monuments franciliens. L'une de ses missions était d'entrer en relation avec ses homologues français pour unir et renforcer leurs actions de préservation.

Francophile, bilingue, il ne pouvait être plus heureux d'être enfin à Paris, le centre mondial de l'art à ses yeux. Pendant quelques jours, il profita en touriste des beaux lendemains de la victoire, partageant la joie des habitants, l'allégresse palpable dans les rues, les cafés, les restaurants. Il eut un frisson en songeant qu'un seul homme aurait pu détruire la capitale, et qu'un seul autre décida de la sauver. Sachant Paris perdu pour lui, Hitler avait ordonné au général von Choltitz de le dynamiter. Par miracle, Choltitz, qui avait déjà détruit sans états d'âme Rotterdam et Sébastopol, avait désobéi à son Führer, et signé la capitulation.

Logé au cœur de la ville, Rorimer n'eut qu'à longer à pied la rue de Rivoli, enfin débarrassée de ses oriflammes à croix gammée, pour rejoindre le Louvre. Il fut choqué de voir le jardin des Tuileries occupé par un campement militaire. Ses compatriotes allumaient de petits feux pour cuisiner, chauffer de l'eau destinée à leur toilette, sous les statues criblées de balles et striées de noir.

Dans les bureaux du Louvre, un vieil ami l'attendait. Jacques Jaujard se leva pour lui serrer les mains avec chaleur. Rien ne semblait avoir changé depuis leur dernière rencontre à Paris, cinq ans auparavant, si ce n'est la vue plongeante sur des centaines de prisonniers allemands. Jaujard lui raconta tout.

L'exode de ses chefs-d'œuvre, le courage inouï de ses collègues pour les protéger pendant la guerre, le danger permanent que constituaient à la fois l'occupant et sa propre hiérarchie - son supérieur, Abel Bonnard, avait fui en Espagne après avoir été condamné à mort –, le retour tout aussi compliqué des toiles et sculptures dans leurs musées. Paris était libéré, certes, mais pas le reste du pays, pas encore.

Rorimer demanda à Jaujard de lui fournir des cartes détaillées des dépôts français, afin de les transférer aux armées en place pour éviter leur dégradation. Il avertit les troupes que les Allemands avaient miné les alentours du château de Brissac, et que les tableaux dans les caves humides du château de Sourches devaient être rapatriés rapidement.

Robert Rey, directeur de l'École du Louvre, accompagna ensuite Rorimer dans les salles vides du musée. Ils s'arrêtèrent devant un mur où un nom avait été tracé à la craie : « la Joconde ». Après quatre abris successifs depuis Chambord, elle se trouvait toujours au château de Montal, dans le Lot, et ne reviendrait au Louvre que le 16 juin 1945. Deux ans seraient nécessaires pour raccrocher le reste des œuvres à leur place.

Quelques jours après leurs retrouvailles, Jaujard appela Rorimer et l'informa que le Jeu de Paume avait été réquisitionné pour servir de bureau de poste aux Alliés. Étrangement, le musée ne figurait pas dans la liste établie par l'état-major allié des monuments à protéger. Après bien des difficultés, du côté français aussi bien qu'américain, Rorimer parvint à exclure le Jeu de Paume, et bien d'autres bâtiments patrimoniaux, de toute réquisition militaire. Il obtint également que les nombreux tanks et Jeep garés dans les Tuileries soient déplacés sur l'esplanade des Invalides, où les dégâts collatéraux seraient moindres.

Les semaines passèrent et Rorimer restait mobilisé pour faciliter la vie des troupes américaines. Il avait dû monter un QG, gérer le bureau des renseignements, des tâches sans rapport avec sa mission d'origine. En d'autres termes, il ne s'occupait pas d'art et commençait à s'ennuyer ferme. À New York, sa femme avait donné naissance à leur premier enfant et il se languissait de sa famille, sans se douter qu'il ne verrait pas sa fille avant deux ans.

Il rendait parfois visite à Jaujard, qui s'amusait de l'impulsivité de Rorimer, de son besoin d'action. Sa façon de combattre les imbroglios juridiques, inhérents à un retour à la normale, confirma un pressentiment de Jaujard. Celui-ci parla à son ami de la CRA. Cette commission aurait bien besoin de son expertise. Mais d'abord, il devait lui présenter quelqu'un.

Rose entra dans le bureau où se tenaient les deux hommes. Le premier contact fut courtois, un peu méfiant. Certains Américains se demandaient si cette mademoiselle Valland n'avait pas collaboré avec les nazis. Elle, de son côté, se demandait quel pouvait être l'intérêt des Américains pour l'art. L'ambiance particulière de l'immédiat après-guerre, où les renseignements ne se donnaient pas facilement, ni à n'importe qui, n'aidait pas. Toute entreprise prenait des retards administratifs décourageants. Les débuts de la CRA en pâtirent. Cent douze caisses seulement avaient été retrouvées, grâce à Rose. Si les autorités avaient été plus rapides à réagir, on en aurait retrouvé beaucoup plus à temps. Un tiers des collections privées françaises avaient été dérobées et éparpillées, apprit Rose à Rorimer.

Elle appréciait que cet Américain-là ne se comporte pas en conquérant, et qu'il ait veillé à ce que son musée ne soit plus envahi de soldats, fussent-ils pacifiques. Lui ne savait trop que penser de cette femme insaisissable, dénuée de séduction mais au regard pénétrant, que Jaujard semblait tenir en haute estime. Celui-ci espérait que Rose lui confierait ses notes sur les dépôts allemands, afin qu'il parte mettre en sûreté leur contenu avant l'arrivée d'autres armées. Or, Rose n'avait confiance en personne. Devant ses refus répétés de divulguer ses informations, on commençait à se demander si elle en savait autant qu'on le prétendait.

L'histoire du train retardé et immobilisé à Aulnay avait impressionné Rorimer. Apprenant que 46 wagons de ce convoi s'étaient perdus dans la nature, Rose accepta de partir avec lui à leur recherche. Agir sur le terrain était le meilleur moyen de faire connaissance, de jauger de quoi l'autre était capable.

Plusieurs jours durant, ils enquêtèrent d'une gare de banlieue à l'autre et finirent par localiser ce qui restait du convoi au nord de Paris. Dans les wagons s'abîmaient des meubles, de la vaisselle, eux aussi volés à des particuliers juifs, abandonnés sur place, sans valeur marchande pour les derniers pilleurs. Cette expédition ne rapporta rien en termes de récupération artistique, mais Rorimer fut frappé par l'ampleur et la précision des commentaires de Rose : elle connaissait le contenu du train au bougeoir près.

Cet automne-là, le « Monuments Man » et l'ex-attachée de conservation continuèrent d'explorer les entrepôts parisiens de l'ERR, dont Rose avait recueilli les adresses. Tout avait été vidé en hâte, ne restaient que des meubles et des livres vandalisés. Certaines adresses avaient été plus difficiles à obtenir, comme celles des appartements de fonction des employés de l'ERR. Ils se rendirent au domicile de Bruno Lohse, au 3, avenue Matignon. Une plaque indiquait que le poète allemand Heinrich Heine était mort dans cet immeuble. Heine qui avait écrit en 1853 : « Là où on brûle les livres, on finit par brûler les hommes. »

L'appartement était occupé par un colonel des FFI, les Forces françaises de l'intérieur, qui y vivait avec sa femme. Lohse s'était volatilisé en Allemagne quelques jours avant la Libération, à bord d'un véhicule chargé d'œuvres d'art dont il s'était délesté à Bruxelles avant de gagner l'Allemagne. Personne ne savait où il s'était réfugié depuis, ni ce qu'il avait emporté.

Au cours de ces recherches à pédaler ensemble dans l'hiver parisien, à fouiller des locaux dévastés et à ne rien récupérer de valeur, Rose finit par sympathiser avec cet Américain aussi tenace, esthète et franc qu'elle. D'elle, il appréciait l'humour pince-sans-rire qui les aidait à surmonter les contrariétés. Mais il rongeait son frein : sa nouvelle alliée était bloquée au bas de l'échelle hiérarchique, autant dire privée de tout pouvoir de décision. Les vraies récupérations artistiques risquaient de prendre des mois, voire des années ! Si ses informations concernant les dépôts en Allemagne étaient précises, et si elle voulait bien lui faire confiance, leur quête commune pourrait se révéler bien plus efficace et fructueuse.

À l'approche de Noël, Rose lui fit livrer une bouteille de champagne. Touché, il lui répondit pour la remercier – voudrait-elle venir se joindre à lui pour la partager ? Elle accepta l'invitation. L'euphorie des bulles fines et la certitude de partager une mission importante cimentèrent leur amitié. Rose abandonna sa réserve et lui raconta comment elle s'y était prise pour espionner les nazis, imitant le guindé von Behr, la morgue de Lohse, les minauderies de Frau von Ingram. Rorimer rugissait de rire, tour à tour incrédule et conquis par son intégrité et son courage. Elle ne lui montra pas ses documents pour autant…

Quelques jours passèrent. Cette fois, ce fut Rose qui invita Rorimer chez elle, rue de Navarre. Il pédala le long du Quartier latin, jusqu'à son immeuble qui lui parut bien isolé. Il frissonna à l'idée que si la Gestapo avait voulu l'assassiner chez elle, personne ne l'aurait remarqué. Dans le petit appartement, le poêle diffusait sa chaleur et une lampe émettait une faible clarté. Une grande maquette de bateau attirait l'œil. Sur une table, Rose avait disposé un vase avec quelques fleurs, une bouteille de cognac, des biscuits tout juste sortis du four et un paquet de cigarettes américaines qu'elle vida presque entièrement pendant la soirée. Elle lui avoua qu'elle était devenue fumeuse invétérée pendant l'Occupation. Les cigarettes étaient hors de prix et la faisaient tousser, mais elle ne pouvait plus s'en passer, souriait-elle.

Dans ce salon bien tenu, un peu impersonnel, rien ne semblait indiquer qu'elle vivait avec quelqu'un. Rorimer avait cru apercevoir plusieurs manteaux accrochés à l'entrée, et un léger parfum flottait qui n'était pas celui de Rose. Un parfum féminin. Elle n'avait jamais évoqué sa vie privée, et l'Américain n'avait pas l'intention de tirer d'elle des secrets étrangers à leur travail. Ils évoquèrent les années noires de l'Occupation en France, leurs armées respectives, le futur de l'Allemagne. Rose s'anima alors. Elle lui dit de partir le plus vite possible en Allemagne, où le conflit se resserrait. Il fallait qu'il retrouve les œuvres avant les Alliés ou les SS, pour éviter d'autres pillages, d'autres destructions. C'était une question de semaines, ou alors ses quatre ans d'espionnage auraient été vains. Et même si ça lui faisait mal de l'admettre, un Américain tout juste débarqué en Europe était mieux armé qu'elle pour mettre la main sur ce qu'elle avait tenté de protéger.

Elle se leva et se dirigea vers sa chambre, d'où Rorimer entendit des tiroirs s'ouvrir et se fermer. Elle revint dans le salon les bras chargés de dossiers bourrés de documents et de photos. Elle plaça devant lui des portraits comme des cartes de tarot : voilà les officiels de l'ERR dont elle lui avait parlé le soir du champagne. Ils y étaient tous : Rosenberg, Schiedlausky, von Ingram, Lohse, posant fièrement pour un photographe – autant de visages qu'il faudrait également retrouver en Allemagne, pour les interroger, leur demander des comptes. Les plus grands dossiers contenaient tout ce que Rose avait pu conserver du Jeu de Paume, des bons d'expédition à la liste des visiteurs. Enfin, elle lui remit le plus important : les emplacements de dépôts allemands. Il trouverait toutes les archives et les œuvres volées par l'ERR dans les châteaux de Hohenschwangau et de Neuschwanstein, ainsi qu'à Buxheim. Tous se situaient dans le sud de l'Allemagne, zone investie par la 7e armée américaine – celle à laquelle Rorimer avait demandé son affectation !

Il hésita un instant. Comment pouvait-elle en être si sûre ? Elle lui rétorqua que ses preuves étaient plus solides que sa simple intuition féminine.

Rorimer quitta l'appartement avec les dossiers. À sa demande, Rose en fournit des copies à la SHAEF. Comme elle le redoutait, ces documents furent oubliés au fond d'un placard. Elle avait bien raison de ne pas croire aux institutions ni aux papiers : seules valaient les actions individuelles, sur le terrain.

Quand Joyce rentra, Rose lui parla d'une intention qui ne la surprit pas. Elles avaient traversé l'Occupation sans que des agents de la Gestapo viennent frapper à leur porte en pleine nuit. Personne ne les avait dénoncées, elles s'étaient dévouées à leurs emplois respectifs en gardant la tête haute, remettant à plus tard les projets de vacances, de voyages. La Libération les avait débarrassées de cette angoisse qui les avait oppressées pendant quatre ans. Paris était libéré, certes… mais la guerre n'était pas terminée. Une autre venait tout juste de commencer. En l'écoutant, Joyce comprit que Rose avait déjà pris sa décision et qu'elle n'attendait pas sa bénédiction.

Elle avait décidé de se rendre à son tour en Allemagne, et d'y rejoindre l'armée française dès que possible.

Des trésors dans les ruines

Pendant son séjour parisien, Rorimer avait eu l'impression que la guerre était finie. En arrivant en Allemagne, en avril 1945, il sut qu'il n'en était rien. Avec les raids aériens qui pilonnaient le pays jour et nuit, la guerre s'était concentrée dans son épicentre, comme une grande blessée agonisante, laissant des traces de sang sur les villes, les campagnes, les visages. Après les élégantes façades haussmanniennes, il regardait, éberlué, les squelettes des immeubles bombardés, les gueules béantes de portes et de fenêtres qui donnaient autrefois sur la chaleur d'un salon, la sécurité d'une chambre.

Rorimer aborda un territoire immense et désolé, sans véhicule, sans moyens. Mais il fut accueilli par des collègues enthousiastes, dont George Stout, affecté à la 1re armée américaine, qu'il avait rencontré en Normandie. Énergique et efficace, Stout était un expert reconnu dans la science de la restauration et de la conservation artistiques. Il était aussi le seul « Monuments Man » à avoir servi lors de la Grande Guerre.

La zone libérée par les Alliés concentrait la quasi-totalité des cachettes répertoriées par Rose. Celles qui avaient échappé à ses enquêtes se trouvaient probablement à proximité. Le temps pressait : Hitler, retranché dans son bunker, venait de signer un décret néronien, où il ordonnait la destruction de toutes les infrastructures de transport et de communication en cas de défaite, plutôt que de les laisser entre les mains de l'ennemi. Autres menaces : que les Allemands détruisent les œuvres trouvées au cours de leur débâcle, ou que les Soviétiques, eux aussi en marche, s'en emparent comme butin de guerre.

Quand la 7e armée américaine entra dans Munich, il était déjà trop tard. Le Führerbau avait été pillé par la population, puis par les soldats, allemands comme américains. Il ne restait que des décombres dans l'ancien siège du parti nazi, où avait été stockée, entre autres, une partie des collections Rothschild et Schloss. Une seule salle était encore remplie de portraits et de documents : du matériel de propagande. Des centaines d'exemplaires de l'effigie de Hitler avaient été jetés au sol, maculés d'empreintes de bottes.

Stout raconta à Rorimer leur découverte de cachettes stupéfiantes. La première avait été localisée grâce aux documents de Rose Valland qui lui avaient été transmis à temps. Le 2 avril, le capitaine Hancock, un « Monuments Man » affilié à la 1re armée, s'était rendu à la mine de cuivre de Siegen, près de Cologne, où Rose avait signalé la présence probable d'un dépôt. Ses indications se vérifièrent : Hancock y retrouva 766 tableaux, sculptures et objets précieux de Rhénanie, recouverts de moisissure. Il ne s'attendait pas, en revanche, à y découvrir des civils allemands qui y vivaient terrés, trempés, persuadés que leur heure était venue. Au lieu de quoi les Alliés les évacuèrent avec les mêmes égards que les œuvres.

La même semaine, à Merkers, des soldats américains avaient arrêté deux Allemandes qui cherchaient une sage-femme. Lorsqu'ils les relâchèrent, l'une d'elles, en remerciement, leur confia que des choses précieuses étaient cachées juste à côté, dans la mine. Intrigués, ils s'engouffrèrent à 700 mètres sous terre. Dans le noir absolu, leurs lampes reflétèrent alors un vif éclat : 200 tonnes d'or dormaient dans les profondeurs. Les soldats longèrent des lingots empilés avec soin, avant de se figer devant des amoncellements où ils reconnurent des alliances et des dents en or. La cache contenait en outre 400 peintures prélevées dans les plus grands musées allemands, des gravures de Dürer, *Dans le jardin d'hiver* de Manet, et des trésors nationaux ayant appartenu à l'empereur Frédéric II. Eisenhower se rendit en personne dans la mine ; il s'y fit photographier devant les toiles, en évitant les glaçants fragments dorés.

Rorimer regrettait d'être arrivé trop tard pour assister à ces premières trouvailles. Heureusement, il restait de nombreux dépôts à retrouver, à commencer par la mine de sel de Heilbronn, près de Stuttgart. Des documents allemands avaient révélé que les vitraux de la cathédrale de Strasbourg s'y trouvaient, entre autres objets volés en Alsace. Le 16 avril, il s'y rendit escorté par des hommes armés. Dans les villes fantômes, des soldats de la Wehrmacht jaillissaient parfois d'une planque pour faire feu. Le danger augmentait à la tombée de la nuit : il aurait été si facile de tendre une embuscade à ces Américains qui se promenaient à découvert.

Heilbronn, dévasté par les bombardements, était quasiment désert, et la mine déjà abîmée par des infiltrations. Rorimer surmonta ses craintes et explora longtemps ses boyaux obscurs avant d'y trouver les accès à des cavités humides. Il les parcourut une à une, découvrant le *Saint Paul en prison* de Rembrandt, des Rubens, des Cranach, des œuvres volées en Belgique, en Hollande, en France… Peu après, dans la mine de sel de Kochendorf, plus saine que la précédente, Rorimer tomba nez à nez avec la Vierge de Stuppach de Grünewald, devant d'autres œuvres saisies en Allemagne. Il songea que les Allemands avaient pris grand soin de leur propre patrimoine, et laissa tout sur place.

Il attendait surtout, avec une impatience croissante, que l'armée américaine arrive à Füssen. Rose avait insisté là-dessus : les dépôts les plus importants de l'ERR se trouvaient dans les deux châteaux qui surplombaient ce village bavarois, Hohenschwangau et Neuschwanstein. Il y repérerait certainement la majeure partie des collections spoliées dès 1940, mais aussi les archives et inventaires de l'ERR, indispensables à leur mission de restitution.

Le 1er mai, enfin, la voie fut libre. Rorimer parvint à emprunter une Jeep de la Croix-Rouge et s'élança dans la campagne de l'Allgäu. La route était sinueuse, les ponts avaient été dynamités et il leur fallait opérer de grands détours pour atteindre leur destination. Ils s'arrêtèrent en chemin au monastère de Buxheim, suivant les indications écrites de Rose. Un prêtre, des religieuses et une vingtaine d'orphelins habitaient l'endroit, un débarras hors norme où des meubles de la Renaissance s'entassaient avec divers objets précieux venus de toute l'Europe. Mécontent de la débâcle allemande, le directeur du monastère envoya promener Rorimer, mais une femme lui fit signe et le prit à part.

Martha Klein était la restauratrice du musée de Cologne ; elle avait aménagé un petit atelier sur place pour restaurer les œuvres qui avaient souffert de leur transport. Sur une table était posé un Rembrandt de la taille d'une carte postale. Elle lui permit d'entrer dans une partie discrète du monastère, où une fois encore, Rose avait vu juste. Rorimer reconnut des caisses de provenance française, avec des bronzes des David-Weill, des tapisseries des Rothschild, et plus d'une centaine de toiles où figuraient sept Fragonard, deux Delacroix, deux Goya, tout ce qui n'avait pas trouvé place au château de Neuschwanstein. Martha Klein confirma aux Américains que le fameux château contenait l'essentiel de ce qu'ils cherchaient. Mais qu'il y avait encore plus, beaucoup plus, dans la mine de sel d'Altaussee, en Autriche…

En route pour Füssen, où d'autres « Monuments Men » vinrent en renfort, Rorimer apprit la mort de Kurt von Behr. Depuis sa fuite à la libération de Paris, l'ancien chef de l'ERR au Jeu de Paume s'était réfugié avec sa femme dans son château de Banz, à Lichtenfels. À l'arrivée de l'armée américaine, il avait remis lui-même ses archives aux Alliés. Les époux von Behr s'étaient ensuite donné la mort avec un certain panache, en buvant du champagne, un millésime 1918, dans lequel ils avaient versé du poison.

Lorsque Rorimer et sa troupe arrivèrent à Füssen le 4 mai, la plupart des Allemands avaient fui, d'autres s'étaient rendus sans résister. Ils roulèrent au ralenti dans les ruelles de ce village médiéval, qui avait dû être charmant en temps de paix.

Rorimer leva la tête. Nichée entre les arbres, comme surgie de la montagne, la silhouette fantasmatique de Neuschwanstein le surplombait. Presque un siècle auparavant, l'Allemagne avait déjà été dirigée par un fou mégalomane, mais doux et pacifique. Le roi Louis II de Bavière avait pris son rôle de souverain au sérieux avant de se laisser aspirer par ses chimères, privé de son pouvoir puis de sa liberté. Il avait dessiné lui-même son château en puisant dans ses rêves où se mêlaient le gothique, un Moyen Âge héroïque et les opéras de Wagner, se bâtissant un décor à taille réelle.

Retrouvé mort avant son achèvement, dans des circonstances restées troubles, le roi fou n'y avait passé que quelques jours ; il avait surtout vécu dans le château de Hohenschwangau tout proche, reconnaissable à ses façades ocre.

Les GI montèrent une route étroite qui serpentait vers la grande porte principale. Miraculeusement intact, le château issu des délires mystiques de Louis II irradiait de clarté dans la fraîcheur du printemps. Ils constatèrent avec surprise qu'il n'avait pas été fortifié. Des gardiens l'habitaient, trop perdus pour se montrer hostiles. L'un d'eux, un homme âgé, les conduisit à l'intérieur et les guida le long de couloirs ouvrant sur d'innombrables pièces.

Rorimer découvrit avec une stupeur croissante un formidable pêle-mêle de toiles, de meubles, d'objets de décoration. D'étroits escaliers en spirale menaient à des salles laissées vides après la mort du roi, à présent pleines jusqu'au plafond de toutes les spoliations imaginables, ainsi qu'un millier d'œuvres de musées bavarois mises à l'abri des bombardements. Des coffrets contenaient des bijoux de la Renaissance appartenant à Maurice de Rothschild et l'argenterie des David-Weill. Des meubles, des tapisseries, des manuscrits, des bibliothèques entières remplissaient chaque recoin, où dominaient des milliers d'œuvres d'art : 21 903 exactement, dont 5 281 tableaux. Rorimer voyait danser sous ses yeux des huiles, des gravures, des dessins, des tabatières sans prix.

Il y avait tant de merveilles, à donner le vertige, que l'œil saturait.

Dans une aile du château, une trouvaille le ramena sur terre. Une pièce contenait le matériel photographique de l'ERR, une autre ses archives. Rorimer ouvrit les armoires et prit en main les documents dont dépendrait le devenir de tous ces biens. Des photos, des catalogues et un énorme fichier témoignaient du soin maniaque qu'avaient apporté les nazis à leurs spoliations. Chaque œuvre saisie par l'ERR en France avait donné lieu à une fiche. Les armoires en contenaient des dizaines de milliers.

Seuls la salle du trône et les appartements royaux étaient restés en l'état. Rorimer songea que Louis II aurait aimé voir son château rempli de réalisations artistiques inouïes. Son détachement à l'égard des choses terrestres l'aurait maintenu dans l'ignorance des conditions ignobles dans lesquelles ces trésors étaient parvenus chez lui.

Rorimer réalisa qu'il était arrivé à temps. Il donna l'ordre que personne n'entre dans les pièces dédiées aux archives. Le lendemain, il boucla, sécurisa et scella les portes avec un sceau emprunté aux Rothschild, portant l'inscription *Semper fidelis*. En redescendant, il consulta le registre des visites récentes. Un paysan venu assurer son tour de garde lui confia qu'il avait vu un « *Herr Doktor* au village » la veille au soir. Il pouvait s'agir de Günther Schiedlausky, dont Rose lui avait montré le portrait, en précisant qu'il avait été le chef des dépôts de

Füssen. Le paysan ajouta que ce *Doktor* se trouvait dans une maison de soins tenue par des religieuses à Schwangau, le village en contrebas.

Rorimer et les GI se rendirent à l'établissement, où ils furent reçus par la mère supérieure. Celle-ci expliqua que deux messieurs, les docteurs Schiedlausky et Lohse, avaient insisté pour être hébergés, alors qu'ils ne lui inspiraient pas confiance. Elle les conduisit à leur chambre en leur chuchotant de se méfier surtout de ce Lohse… Alités, visiblement affaiblis, les deux intéressés ne réagirent pas à la vue des militaires américains. Peut-être savaient-ils que sans instructions des autorités, les Alliés ne pouvaient pas les constituer prisonniers. Par prudence, les Américains restèrent évasifs et ne leur posèrent aucune question sur les œuvres d'art retrouvées à Neuschwanstein.

La semaine suivante, Rorimer revint avec deux officiers de la SHAEF pour les interroger frontalement. Lohse, qui se remettait mal d'une extraction de calculs biliaires, geignait, mentait, niait, éludait. Rorimer se retrouva un moment seul avec Schiedlausky. Conciliant, dans l'espoir de sauver sa peau, l'ancien responsable lui remit des documents essentiels : des ordres venant de Hitler, de Rosenberg, de Goering, des rapports couvrant les activités de l'ERR en France et ailleurs. Rorimer passa la nuit à les lire, en proie à une excitation croissante. Ils constituaient une preuve irréfutable des spoliations nazies.

À peine remis de sa découverte, l'officier sauta dans sa Jeep et reprit la route. Il fallait parvenir le plus vite possible à Altaussee, préparer l'exploration de cette mine qui, disait-on, surpassait Füssen.

Il ne le savait pas encore, mais presque au même moment, Rose Valland arrivait à son tour en Allemagne.

Rayons d'or au fond de la mine

La défaite du Reich s'accélérait à grand bruit. Les bombes pilonnaient l'Allemagne. Des millions de tonnes d'acier tombaient des nuages, soufflant les ponts, les rails, les usines, les immeubles, et toute créature vivante avec. La destruction avait atteint son climax, dans une terreur aiguisée par les alarmes, assourdie par les ondes de choc. Hitler, retranché dans son bunker à Berlin, n'entendait rien de cet effondrement.

Son peuple enseveli sous les décombres était pour lui un dommage collatéral du combat ; ce peuple, après tout, n'avait pas été digne de lui, et il s'inquiétait bien plus du sort de ses collections. Il avait donné l'ordre que ses dizaines de milliers d'œuvres patiemment acquises, destinées à son musée de Linz, soient mises à l'abri dans la mine de sel d'Altaussee. De mai à octobre 1944, alors que les ressources matérielles et humaines du Reich s'épuisaient, 1 788 œuvres avaient quitté Munich, traversé des routes périlleuses pour être enfouies sous terre.

Goering aussi s'était agité pour sauver ce qui pouvait encore l'être : ses biens, sa femme Emmy, leur petite Edda. En commençant par ses biens. Les proportions folles qu'avait atteintes son domaine de Carinhall rendaient la tâche quasi impossible ; tout ce qui le meublait et le décorait devait quitter son palais d'urgence. Goering fit remplir trois trains spéciaux de 739 tableaux, 60 sculptures et 50 tapisseries, pour les envoyer à Berchtesgaden, le lieu de villégiature préféré des dirigeants nazis, où il possédait une villa non loin du Berghof de Hitler. Le contenu des wagons fut caché dans un tunnel, mais un train resta dehors, à la merci des pilleurs. Une autre partie fut envoyée à Altaussee, où la place ne manquait pas. Il laissa quantité d'œuvres moins importantes, des meubles, des sculptures trop lourdes ou trop grandes. Puis il fit dynamiter son domaine.

Fin avril, pour le dernier anniversaire de Hitler, Goering rejoignit l'état-major dans le bunker. Il n'était plus question de s'offrir des tableaux ni des bons vœux en se congratulant. Goering jouait encore la comédie de l'autorité, sans s'apercevoir que plus personne ne l'écoutait. Les troupes soviétiques approchaient et il n'avait pas l'intention de se battre, encore moins de mourir dans ce souterrain étouffant et nauséabond. Il arracha à Hitler l'autorisation de retourner à Berchtesgaden, officiellement pour surveiller le sud du pays ; il comptait surtout se rapprocher de sa famille et de ses trésors. Il quitta

Berlin en limousine blindée, avec sa nombreuse suite et sept camions remplis d'œuvres d'art, un cortège peu discret qui parvint miraculeusement à traverser la ville assiégée.

Alors que son état-major, la mine de plus en plus sombre, ne cessait de lui parler d'assauts des Soviétiques, d'industries en miettes, de déroute inexorable, Hitler se tournait vers la maquette de son complexe de Linz, l'œil hagard, le bras tremblant. Il contemplait les rues rectilignes, caressant du regard le Führermuseum dont il imaginait encore l'inauguration, après lui avoir consacré tant d'efforts – pour le bien de son peuple évidemment. Il le préciserait à ces ingrats dans son testament : ses collections n'avaient pas été constituées à son profit, mais pour ce musée à la gloire de la race germanique, emblème artistique d'un IIIe Reich qui devait durer mille ans.

Dans de brefs instants de lucidité, Hitler réalisait l'inéluctabilité de sa défaite. Moribond, il laissa entendre que Goering devrait négocier à sa place avec l'ennemi. Prévenu, Goering hésita : par un décret signé en 1941, époque lointaine où un tel honneur semblait aller de soi, le Führer l'avait désigné comme son successeur s'il ne pouvait plus exercer le pouvoir. Le moment était-il venu ? Il demanda confirmation dans un radiogramme que réceptionna Martin Bormann, le secrétaire particulier de Hitler. Celui-ci, qui haïssait Goering, le présenta à son supérieur comme une preuve évidente de trahison. Hitler sortit de son apathie pour vociférer : qu'on relève le traître de ses fonctions, et qu'on le chasse du parti !

Peu de temps après, il se tira une balle dans la tête. Comme Choltitz à Paris, Albert Speer fit en sorte que son décret néronien ne soit pas appliqué. Le peu qui restait de l'Allemagne ne s'effondrerait pas.

Hitler mort, les ordres demeuraient les mêmes. Avant de se volatiliser dans la nature, Bormann avait pris l'initiative de faire arrêter Goering pour haute trahison. Le Reichsmarschall fut capturé par une troupe SS juste avant que les Alliés ne bombardent l'Obersalzberg. Réfugiés dans un abri souterrain insalubre, les geôliers de Goering proposèrent à leur prisonnier de choisir un lieu de détention plus confortable… Sans se faire prier, il opta pour le château de Mauterndorf, l'ancienne résidence de son parrain où il s'était rêvé, enfant, en chevalier médiéval. En y apprenant le suicide de Hitler, il se lamenta sur lui-même : il ne pourrait jamais expliquer à son Führer le malentendu de sa prétendue trahison !

La vie de château ne dura pas pour Goering, qui finit par être arrêté et incarcéré par les Alliés. Après la mansuétude des SS, il subit l'humiliation de devoir remettre à l'ennemi ses armes et ses décorations. Dépouillé de ses atours, mais toujours riche de son orgueil, il écrivit à Eisenhower pour le rencontrer d'égal à égal et lui proposer l'armistice – sans comprendre qu'il n'était plus Reichsmarschall, encore moins numéro 2 de quoi que ce soit, mais un simple prisonnier de guerre.

Si Speer avait évité la destruction totale du pays, le danger couvait toujours à l'échelle régionale. Après la mort de Hitler, August Eigruber, préfet de Haute-Autriche et nazi fanatique, privilégia à son tour la politique de la terre brûlée, en dynamitant la mine d'Altaussee plutôt que de la laisser à l'ennemi. Des caisses floquées « Marbre », remplies d'explosifs, encombrèrent bientôt l'entrée des tunnels. Or, les mineurs autrichiens tenaient à préserver leur lieu de travail ; ils désamorcèrent les bombes et n'en firent exploser qu'une pour boucher l'entrée, donnant l'illusion qu'à l'intérieur, tout était détruit.

Le « Monuments Man » Robert Posey avait appris l'existence de cette mine auprès de plusieurs sources : du docteur Bunjes juste avant qu'il ne se suicide, d'un marchand de tableaux luxembourgeois et d'un étudiant en art interrogé à Trèves. Une liste de la SHAEF indiquait en outre que le retable de Gand se trouvait à Altaussee. Comme la mine était située dans le secteur de la 3e armée américaine, Posey arriva le premier début mai. Lorsque Rorimer parvint à le rejoindre à son tour, l'endroit le laissa bouche bée.

Des rails pénétraient dans la mine, le long d'une galerie basse et étroite dont on avait dégagé l'accès. Accroupi dans un wagon, Rorimer s'engouffra dans une obscurité oppressante et avança le long des éboulis laissés par les explosions. Des trouées de lumière indiquaient l'entrée de salles immenses, qui contenaient l'équivalent de plusieurs musées. Du sol au plafond, des rangées d'étagères de bois portaient des quantités invraisemblables d'œuvres raflées en cinq ans dans toute l'Europe. Parmi elles, Rorimer reconnut la *Madone* de Michel-Ange, volée à Bruges par les Allemands lorsqu'ils avaient quitté la Belgique en 1944, et *La Parabole des Aveugles* de Bruegel, ainsi que des Rubens, des Titien, des Rembrandt… et les deux Vermeer que Hitler avait accrochés dans son bureau du Führerbau : *L'Art de la peinture*, acheté – à bon prix – à une famille de collectionneurs viennois en 1940, par l'intermédiaire de Hans Posse, et *L'Astronome*, confisqué la même année chez Édouard de Rothschild, transféré au Jeu de Paume où il avait été déclaré « propriété du IIIe Reich », avant d'être tamponné d'une petite croix gammée, sceau maléfique encore visible sur l'envers du cadre.

Dans la pénombre de la mine, Rorimer éclaira de sa lampe un grand panneau qui s'illumina. *L'Agneau mystique* rayonnait, comme auréolé d'or. Les soldats marquèrent une pause devant la majesté tranquille de l'œuvre des frères Van Eyck, sanctifiée depuis 1432, volée à plusieurs reprises jusqu'à son dernier rapt à Pau. La guerre avait malmené le précieux retable, un des panneaux avait été retourné pour servir de table de cuisine, un autre s'était fendu. Karl Sieber, le restaurateur officiel du contenu de la mine, se mit au travail sur place. C'était ce petit homme, indifférent à Hitler et au nazisme, qui avait guidé la Résistance autrichienne pour sauver la mine de l'effondrement total, en dressant des plans précis de ses galeries tortueuses et de ses innombrables chambres.

Le « Monuments Man » George Stout inventoria « 6 557 peintures, 2 300 dessins et aquarelles,

954 estampes, 137 sculptures, 129 armes et armures, 122 tapisseries, 78 meubles, 79 vanneries, 484 caisses vraisemblablement d'archives, 181 caisses de livres, 1 200 à 1 700 caisses apparemment de livres ou objets similaires, 283 caisses de contenu totalement inconnu » ; parmi ces milliers de caisses, 992 provenaient de France. En tout, la mine d'Altaussee abritait 42 000 mètres carrés de patrimoine volé, pour une valeur totale estimée à 3 milliards de dollars, que des bâtons de dynamite auraient pu anéantir à jamais.

En un seul après-midi, avec l'aide des mineurs, les Américains remontèrent 200 toiles à la surface pour les transférer à Munich. L'ancien siège du parti nazi avait été dépouillé de ses aigles et de ses croix gammées pour devenir le Central Collecting Point, un nouveau dépôt où transiteraient toutes les œuvres récupérées en zone américaine avant renvoi vers leur pays d'origine. Rorimer savait par Rose que ce lieu avait abrité les collections de Hitler. Cette nouvelle fonction réparatrice le réjouissait. En outre, il n'existait aucun autre bâtiment de cette taille qui soit resté en assez bon état pour accueillir les collections retrouvées.

Plusieurs convois partirent chaque jour d'Altaussee pour Munich, les camions roulant à toute allure sur les routes de montagne, frôlant les ravins, évitant les mines et les embuscades, comme sous protection divine. Cela dura plusieurs semaines, jusqu'à ce que les chambres de sel soient vides et retrouvent leur fonction d'origine. Vingt mille œuvres furent entreposées la première année dans les bâtiments du Collecting Point. En sept ans, ils verraient passer 1 million d'objets d'art, toutes catégories confondues.

Pour leur voyage de retour, les œuvres avaient été emballées avec mille précautions. *L'Agneau mystique* revint dans la cathédrale Saint-Bavon de Gand peu après la libération de la Belgique. *L'Astronome* fut remis à l'armée française, qui le fit suivre à ses propriétaires. La famille Rothschild récupérera la quasi-totalité de ses collections, disséminées à Neuschwanstein et à Altaussee, quelques œuvres étant restées dans le séquestre du Louvre.

La collection de Hitler avait été retrouvée, démantelée ; elle perdrait la marque infamante que les nazis lui avaient imprimée de force pour ne plus être la collection de qui que ce soit. Restait celle de Goering. Interrogé par Rorimer, Bruno Lohse avait nié connaître les cachettes secrètes de son ancien protecteur. Mais un certain Walter Andreas Hofer pourrait sûrement le renseigner…

Un musée en plein air

La 2e armée française venait de prendre Berchtesgaden. Le drapeau tricolore flottait au-dessus du « nid d'aigle » de Hitler au moment où Rorimer arriva sur place. La région de l'Obersalzberg offrait des paysages alpins grandioses, où de nombreux dignitaires nazis s'étaient réfugiés, s'y croyant à l'abri des bombes. L'Américain comprenait que leur prédilection pour ces hauteurs ait pu amplifier leurs délires expansionnistes. C'était dans cet environnement propice à la sérénité que Hitler avait mis en place sa politique d'extermination. Aux nazis, qui confondaient passion et obsession, pureté et haine, conviction et brutalité, la beauté de la nature n'inspirait que des délires mortifères.

Le butin de Goering était tout proche, Rorimer l'aurait pressenti même sans les listes de Rose, qui mentionnaient l'Obersalzberg sans indiquer de point précis sur la carte. Il avait entendu dire que des wagons remplis de meubles, de sculptures anciennes avaient déjà été pillés. Des cadres vides jonchaient encore les lieux. En fouillant dans les décombres des villas de Hitler et de Goering, Rorimer ne trouva que des objets décoratifs de peu d'importance. Les Alliés français présents ne savaient rien de grottes, de bunkers ou de caisses anonymes, mais promirent de coopérer au cas où ils repéreraient un indice. Rorimer retourna à ses quartiers généraux au moment où la 101ᵉ division Airborne arrivait à son tour à Berchtesgaden.

Quelques jours après, la nouvelle de l'arrestation de Goering et de son incarcération près d'Augsburg modifia ses plans. Retrouver Hofer n'était plus une priorité. Mais le laisserait-on approcher un tel prisonnier ?

À son grand étonnement, des colonels de la 7ᵉ armée acceptèrent de transmettre ses questions à Goering. Rorimer souhaitait avant tout savoir où l'ex-Reichsmarschall avait caché ses collections. Pour l'amadouer, il prétexterait vouloir les protéger des conditions imprévisibles de cette guerre qui touchait à sa fin… Il demanderait aussi où se trouvaient les œuvres spoliées par d'autres dirigeants nazis, et quels contacts pourraient lui fournir des informations sur les innombrables biens envoyés en Allemagne depuis 1940.

Dans sa cellule, privé de son apparat, en plein sevrage de ses addictions à la morphine et aux médicaments, Goering avait perdu de sa superbe. Parfois, son exubérance reprenait le dessus et il se montrait loquace, presque coopératif, surtout lorsqu'on l'interrogeait sur un sujet crucial comme ses collections. Le capitaine Zoller, un officier français, nota ses propos pour les rapporter à Rorimer. Il répondait avec candeur qu'il n'avait accumulé tant de richesses que parce qu'il était un féroce amateur d'art, et qu'il avait compté faire de Carinhall un musée après sa mort. Les prix des bijoux et des œuvres dans les pays occupés étaient si bas, comment résister ?

Quand les cotes avaient commencé à remonter, fanfaronnait-il, il avait dû ruser pour ne pas se faire rouler par ces voleurs de marchands d'art... En outre, il avait reçu de nombreux cadeaux, et procédé à des échanges, ce qui n'avait causé de tort à personne, à ce qu'il savait. En ce qui concernait les spoliations françaises, il fut clair : à peine 1 % de sa collection venait de France ! Il avait d'ailleurs beaucoup aidé les directeurs de musées français, en mettant à leur disposition un abri antiaérien... Certes, il avait procédé à un échange pour obtenir une statue et un tableau appartenant au Louvre. Mais il n'avait fait usage d'aucune pression, ce n'était pas son genre.

Il reconnut que les plus belles œuvres du Jeu de Paume avaient été envoyées en Bavière, à Munich et à Berlin. Peut-être y avait-il eu d'autres destinations, il l'ignorait. Ce qui était resté au Jeu de Paume avait été mis aux enchères, et il avait acheté plusieurs objets, enchérissant raisonnablement. Bien sûr, il avait également acquis des œuvres *via* d'autres intermédiaires, dans des galeries, des châteaux, des lieux privés… Ce qui n'était pas interdit, n'est-ce pas ?

À la fin de son monologue, Goering signa une déclaration écrite. La plus grande partie de sa collection avait été expédiée le mois précédent à Berchtesgaden, mais il avait été arrêté juste avant d'avoir pu la mettre en sécurité. Il s'engageait à rendre toutes les œuvres acquises au Jeu de Paume, et ferait son possible pour aider à les retrouver. Enfin, il accepta que Hofer soit interrogé par les Alliés pour faciliter leurs recherches.

Rorimer se précipita à Berchtesgaden, armé de nouvelles indications. Les « Monuments Men » retrouvèrent des wagons dans des tunnels ferroviaires. Un autre stationnait à la gare. Une demi-douzaine de caches au total abritaient les œuvres amassées par Goering, dont une cave d'où elles ressortirent ruisselantes d'humidité. Un quinquagénaire en civil et aux cheveux blancs se joignit à eux. C'était Walter Andreas Hofer, qui jouait les guides auprès des Alliés.

Jugé non dangereux par eux, l'ancien directeur des collections de Goering se promenait tranquillement, en semi-liberté, parmi les soldats et les tableaux qu'il avait acquis et gérés pour Goering pendant dix ans. Avec son épouse restauratrice, il se présenta à Rorimer, tenta de sympathiser, espérant acheter l'indulgence des vainqueurs au moment de rendre des comptes. Hofer le guida vers les wagons pillés, à la recherche d'informations utiles parmi les milliers de papiers éparpillés. Rorimer y retourna seul un peu plus tard : certains documents pouvaient prouver les pratiques illégales de Hofer.

Le déballage des Américains finit par former un musée à ciel ouvert. Leur inventaire recensa 1 375 peintures, 250 sculptures, 108 tapisseries, 75 vitraux et 175 objets décoratifs. *La Belle Allemande* semblait les regarder avec un doux air de reconnaissance, et deux doigts en moins ; Goering chérissait cette sculpture sur bois de Gregor Erhart, dérobée au Louvre. Les plus belles pièces furent placées dans un bâtiment d'Unterstein puis exposées à la presse, malgré les réticences de Rorimer, qui craignait leur détérioration et de nouveaux vols, à juste titre. Les 15 Boucher, 19 Cranach, 9 Rembrandt, 7 Fragonard exposés parmi une dizaine d'autres chefs-d'œuvre ne donnaient aux journalistes de *Life* qu'une petite idée de la splendeur amassée par le deuxième homme du Reich.

Un cameraman filma les soldats américains, bottés, casqués, portant à bout de bras de grandes toiles. Hofer apparaissait à leurs côtés, tenant un portrait signé Frans Hals, traçant d'un doigt expert des traits le long de la barbiche. Cette magnifique collection avait été acquise tout à fait légalement par Goering et lui-même, assurait-il aux journalistes. Le lendemain, on lui interdit de parler à la presse. Vexé, il annonça qu'il continuerait de prendre soin de la collection du maréchal. Rorimer lui répliqua que cette collection n'appartenait à personne, et qu'elle était désormais sous sa responsabilité à lui, en attendant son transfert au Collecting Point de Munich.

Parmi les documents retrouvés, un banal registre faillit échapper à l'attention des « Monuments Men ». Dans ce cahier, des lignes calligraphiées, biffées et ornées de divers symboles dressaient l'inventaire des œuvres amassées par Goering, rédigé par ses secrétaires. 1 376 tableaux, 250 sculptures et 168 tapisseries, acquis entre 1933 et 1944, y étaient consignés, avec leur descriptif, leur provenance, leurs conditions d'acquisition. En le feuilletant, on y retrouvait les cadeaux de Hitler pour son anniversaire. Le nom de Rothschild revenait une centaine de fois. Celui de Hofer, encore plus. Dans cet inventaire réalisé avec minutie, nulle trace des souffrances cachées derrière chaque pièce.

Plus qu'un panorama d'histoire allemande, de mythologie nordique, de nus et de portraits, ces pages exposaient la frénésie, la maladie de Goering. En filigrane apparaissaient des transactions criminelles, des sommes jamais payées. L'obsession des nazis pour le tri s'y trouvait consignée. Ils avaient trié les œuvres selon leur importance artistique ; trié les objets volés pour s'approprier les plus prestigieux, marchander ou détruire les autres ; trié les êtres humains selon différentes races, pour en éliminer les « indésirables ».

Les « Monuments Men » retrouvèrent un millier d'autres planques d'œuvres en Allemagne, dans des châteaux, des granges, des bunkers, des trains arrêtés au milieu de nulle part. Des fidèles du régime hitlérien leur barraient parfois l'entrée, et il leur fallait user de diplomatie pour qu'on les laisse passer. D'armes, jamais.

Capitaine Beaux-Arts

La Jeep tressautait sur une route semée de roches, de trous, de tiges de fer tordues. En ce mois de mai 1945, c'était comme si l'Allemagne avait implosé. Les grandes villes n'étaient plus que de gigantesques ruines fumantes, des montagnes de décombres sur lesquelles grimpaient des femmes et des enfants en haillons, à la recherche de quoi survivre encore un jour, dans un territoire dont l'avenir dépendait désormais de quatre puissances étrangères.

Rose avait la nausée. L'Allemagne, ce pays qu'elle foulait pour la première fois, qu'elle avait aimé à travers sa musique, sa littérature, ses artistes, avait été pulvérisée par la folie d'un homme. Folie devenue inflammable, collective, muant une promesse de grandeur en abîmes de sauvagerie.

Pour la première fois, elle voyait les cicatrices de la guerre à très grande échelle. Les sons se répercutaient dans des villes vides, jonchées de voitures incendiées. Les pavillons, les immeubles, les bâtiments publics ressemblaient à des maisons de poupée dont la façade avait été retirée, laissant voir des pièces constellées de gravats.

Des civils s'étaient réfugiés dans les rares caves intactes, affamés et grelottants, terrifiés par l'arrivée de tous ces soldats étrangers, sans savoir à quoi s'attendre. Ils n'avaient plus rien, mais vivaient dans la crainte qu'on leur prenne tout quand même.

Rose voyait ces familles amputées patauger dans des flaques d'eau croupie, somnoler dans une humidité qui persistait depuis l'hiver, le redoux printanier n'apportant que des nuées d'insectes et des odeurs, trop familières, de décomposition. Des mères courage jetaient dans les marmites le moindre tubercule d'apparence comestible, pour nourrir des enfants au regard d'adultes, élevés dans l'illusion d'un Reich grandiose, et qui semblaient sortis d'un puits.

Elle découvrait un peuple qui n'avait plus rien de la race supérieure, plus rien de l'ennemi craint et haï. La victoire goûtée à Paris n'avait plus de sens ici. Dans ces maisons écroulées se trouvaient peut-être encore une eau-forte transmise d'un père à un fils, une nature morte ornant un salon de musique, une huile mélancolique baignant de sa lumière pâle le lit d'un enfant. Des souvenirs qui remontaient à plusieurs générations, anéantis en quelques explosions.

Dans cette Allemagne exsangue, où erraient des fantômes hagards, il était absurde de vouloir préserver un patrimoine, de chercher des tableaux quand des familles entières étaient portées disparues, de parler d'art dans un monde de désespoir. Mais Rose tenait à voir cela de ses yeux, à l'éprouver sous ses pas, pour remplir sa mission. L'armée française recrutait des « officiers Beaux-Arts », et elle avait reçu son affectation au moment où les troupes américaines entraient en Bavière. Nommée lieutenant, puis rapidement capitaine, dans la 1re armée française, elle avait été envoyée auprès des 3e et 7e armées américaines, libre de circuler dans les zones alliées, la zone russe exceptée. Les relations commençaient à se tendre côté est, entre les vainqueurs jusque-là soudés contre l'ennemi commun.

Comme aucun uniforme féminin n'avait été prévu pour elle, Rose s'était bricolé une jupe avec une étoffe militaire. Sa nouvelle apparence lui donnait une autorité, une fierté qui l'étonnaient un peu.

Au Jeu de Paume, sous son habit discret d'attachée, elle avait réussi à dissimuler sa véritable nature d'espionne. À présent qu'elle avait changé de statut, elle n'avait pas l'intention de rester à l'arrière-plan. Comme Rorimer, elle brûlait de fouler le terrain, de fouiller les dépôts, de revoir les œuvres avec l'œil d'une mère retrouvant ses petits. La CRA, Commission de récupération artistique, était avant tout un travail de bureau, et depuis la Libération, elle avait fait sa part de dossiers.

Le Reich venait de capituler sans conditions quand elle arriva à Lindau, pour rejoindre l'état-major du général de Lattre. Elle y sympathisa d'emblée avec Jean Rigaud, un peintre talentueux qui lui servirait de chauffeur. Leur mission paraissait simple sur le papier : récupérer les œuvres saisies en France et détenues en Allemagne, administrer les dépôts situés en zone française. Or, tous les dépôts qui les intéressaient se situaient en Bavière, donc en zone américaine.

Sur place, il était aussi difficile de se ravitailler et de trouver de l'essence que d'obtenir des informations et des autorisations de se déplacer. À l'instar de leurs collègues « Monuments Men », les officiers Beaux-Arts français ne disposaient que de très peu de moyens. Les nouveaux occupants de l'Allemagne vaincue ignoraient l'existence d'un tel corps d'armée, chargé de sauver des tableaux alors que des cadavres pourrissaient dans les ruines fumantes des villes. Mais voilà : ces militaires-là ne s'occupaient pas de politique, de revanche ou de partage des territoires. Une solidarité se noua entre les experts d'art parachutés dans le pays vaincu, et l'armée américaine autorisa sans peine l'accès des Français à leur zone.

Le 14 mai, Rose, Jean Rigaud et leur collègue Jacques Dupont, inspecteur des Monuments historiques, réussirent à emprunter un véhicule à l'état-major pour se rendre à Füssen. Alors que la désolation des villes l'avait bouleversée, Rose fut éblouie par leur longue route dans la campagne bavaroise. Mais bien vite, à cette beauté se mêla un malaise diffus. Comment croire que ces collines douces, ces forêts odorantes et ces villages paisibles avaient vu éclore puis glorifier l'idéologie la plus mortifère de l'histoire ? Rose réalisa soudain que quelque chose d'essentiel manquait dans ce paysage préalpin. Des êtres vivants. C'était une gifle de plus pour les civils : seules les feuilles et les fleurs avaient survécu au dernier hiver de la guerre. L'été allemand ressemblait aux étés des pays vainqueurs, l'humanité en moins.

L'apparition des premières montagnes, puis des tours de Neuschwanstein jaillissant des arbres, chassa les pensées sombres de Rose. Le voilà enfin, ce château auquel elle avait songé pendant des années, sans se douter qu'elle s'y rendrait à son tour un jour, avec le grade de capitaine ! Elle imagina Louis II l'érigeant pour vivre dans un décor de légendes, de dorures et de beauté, de plus en plus détaché de sa tâche de souverain. Puis elle songea à Goering et à son Carinhall. L'art et le pouvoir avaient été étroitement liés pour l'inoffensif souverain comme pour l'abject nazi. Une seule de ces passions suffisait à altérer la raison d'un homme. Les deux réunies, portées à leur paroxysme, devenaient mortelles.

Parvenue au pied du château, Rose déchanta : le grand portail d'entrée était clos. Personne ne pouvait y entrer, selon les instructions de Rorimer qui était parti la veille pour Augsburg, à une centaine de kilomètres de là. Les officiers dépités décidèrent de rejoindre leur confrère sans attendre ; leur Jeep irait plus vite qu'un message urgent… Or, à Augsburg, on leur apprit que Rorimer venait d'être appelé en Haute-Autriche ! L'essence était rare et chère, leur véhicule montrait déjà des signes de fatigue, et les officiers français se résolurent à attendre le retour de leur collègue, en profitant de leur présence dans la région pour mener l'enquête auprès des anciens membres de l'ERR qui s'y étaient calfeutrés.

Pas dupe du personnage, qui s'était révélé conforme aux descriptions de Rose, Rorimer avait emmené Bruno Lohse avec lui à Augsburg pour le cuisiner plus longuement. Günther Schiedlausky avait été laissé libre et ne sortait plus de chez lui. Rose repéra sans peine son domicile, frappa à sa porte et l'interrogea avec une ferme assurance. L'intéressé eut du mal à faire le lien entre cette dame en uniforme et la timide employée du Jeu de Paume qu'il avait connue à Paris. Ses déclarations la rassurèrent : les œuvres prises par l'ERR se trouvaient toujours à Füssen, et les plus importantes avaient été transférées à Altaussee, là où Rorimer s'était précipité. Quant aux œuvres modernes vendues en Suisse, elles se trouvaient probablement toujours à Lucerne, devenue la plaque tournante de ce marché parallèle.

Disposé à leur livrer tous ses anciens contacts, Schiedlausky leur indiqua où trouver le marchand d'art Gustav Rochlitz, intermédiaire clé de l'ERR qui avait tenu une galerie rue de Rivoli. Rochlitz répondit aux questions précises de Rose, dont le visage lui semblait vaguement familier, en minimisant son rôle et ses responsabilités. Il confirma avoir échangé des tableaux avec Lohse, mais seulement parce que celui-ci le menaçait de représailles. D'ailleurs, glissa-t-il, le complice de Goering en mettait toujours au moins un de côté pour lui. Lui, Rochlitz, disait avoir conservé presque tous les tableaux reçus comme moyen de paiement, en gardant le silence sur ceux qu'il avait vendus. Il était prêt à les rendre, il aiderait même à en retrouver d'autres grâce à son réseau, promit-il aux officiers qui décidèrent de le croire. Un lâche de son acabit pouvait être un informateur de choix. Rose le libéra en songeant aux œuvres que Lohse avait dérobées à l'insu de tous. Il aurait dit à Schiedlausky qu'elles avaient été détruites dans un bombardement, ou prises par les Soviétiques, selon la version du moment. Elle se représenta nettement l'air fourbe de Lohse proférant ce mensonge.

Enfin, les officiers français roulèrent en direction du monastère de Buxheim, aussi bien gardé que Füssen par des sentinelles américaines, où ils eurent la confirmation que rien, à l'intérieur, n'avait été pillé. Les 72 caisses de la collection David-Weill y reposaient indemnes. Par miracle, ces bâtiments n'avaient pas été bombardés : on avait bon espoir de pouvoir tout rapatrier.

Les restitutions posaient d'autres problèmes. Devaient-elles être prises en charge par chaque zone d'occupation, ou par une commission interalliée qui réglerait les difficultés d'accès d'une zone à l'autre ? Aucun cadre juridique n'existait dans cette Allemagne quadripartite où les lois se contredisaient parfois. Les Alliés optèrent pour la solution la plus simple à mettre en œuvre : retourner les œuvres au pays où elles avaient été volées, en laissant les gouvernements respectifs se charger du reste.

Les Soviétiques, eux, pensaient et agissaient autrement. Leurs musées aussi avaient été pillés et détruits par les nazis, qui avaient envoyé 600 000 objets d'art à Berlin. L'Armée rouge avait mis en place une « Brigade des trophées » pour non seulement récupérer ces œuvres volées, mais s'approprier toute autre œuvre trouvée en Allemagne en guise d'indemnité de guerre, en réparation de leurs millions de morts, sans se soucier de sa provenance. Le jour où les Américains avaient découvert la cache d'Altaussee, la Brigade des trophées avait mis la main sur les collections de la galerie de Dresde, soit 1 700 tableaux, dont un Rembrandt et la *Madone Sixtine* de Raphaël, qu'elle expédia au musée Pouchkine à Moscou. Les Soviétiques s'emparèrent également de pièces et de parures en or du musée d'Histoire et de Préhistoire de Berlin, et d'une trentaine de tableaux provenant de collections privées, retrouvés dans deux importants dépôts berlinois, signés Goya, Greco, Courbet et Delacroix. À la fin de l'année 1945, la Brigade des trophées aurait envoyé environ 2 millions d'objets d'art dans les musées d'URSS.

Pour renforcer les échanges avec les Anglo-Saxons, Rose suggéra à son supérieur Albert Henraux d'affecter un officier Beaux-Arts français à la 7e armée américaine, qui avait tout pouvoir sur les principaux dépôts. Sa modestie l'empêcha de se porter elle-même candidate, excès d'humilité qui la desservit souvent. Henraux proposa Pierre-Louis Duchartre, inspecteur des musées et résistant, à ce poste. Il savait pourtant que seule Rose avait les contacts requis et la maîtrise totale des dossiers. Simplement, nommer une femme à un poste à responsabilités ne lui vint pas à l'esprit. Eisenhower adouba Duchartre sans connaître l'existence de l'enquêtrice idéale. Si Rose fut déçue, elle ne le montra pas. Pour elle, seule comptait la présence d'un représentant de la CRA chez les Alliés.

Rose et Jean Rigaud reprirent la route, parcourant des milliers de kilomètres pour recouper des informations, explorer les dépôts situés en zone française. Il suffisait d'un virage pour que les deux officiers passent de l'ombre à la lumière, et inversement. Ils pique-niquaient dehors, dînaient dans des auberges ; Jean s'arrêtait parfois pour plonger dans un lac, ou remplir son carnet de croquis. Il leur fallait chercher constamment de l'essence, du charbon, de quoi manger, et ils dormaient parfois sur des lits de camp dans des cabanes où du papier huilé remplaçait les vitres. Mais ils restaient privilégiés, avec un accès aux hôtels réservés aux Alliés, interdits aux civils allemands. De sa chambre, Rose entendait parfois l'écho incongru de soirées dansantes.

Repartie à l'aube, bringuebalée sur le siège de la Jeep dans la verte Bavière, Rose songeait à ces moments au Jeu de Paume où contempler le feuillage d'un Boucher ou d'un Fragonard la réconfortait des journées noires, sans jamais pouvoir effacer tout à fait une autre image en arrière-plan, celle de soldats brutaux entrant de force dans des appartements, et emportant ces scènes de fêtes galantes dans les fleurs du printemps.

Ce qu'elle avait eu sous les yeux depuis son arrivée en Allemagne, ces ruines déchiquetées peuplées de spectres, seuls les artistes condamnés par les responsables de cette catastrophe pourraient les peindre. Eux seuls sauraient rendre la brutalité et l'agonie de l'Allemagne vaincue. Les nazis avaient voulu détruire le cubisme, mais leurs villes étaient elles-mêmes devenues cubistes, avec leurs bâtiments diffractés dans le gris du métal et le brun de la boue.

Un collègue providentiel rejoignit alors les officiers Beaux-Arts : le docteur Kurt Martin, un historien d'art allemand farouchement antinazi, qui avait été chargé de la conservation du musée de Strasbourg pendant l'Occupation. Son expertise et sa nationalité étaient des atouts dans un immédiat après-guerre où une partie importante de la population restait hostile aux Alliés. Ils se rendirent ensemble à Hechingen, où l'ancien kronprinz de Prusse, assigné à résidence, les reçut aimablement tout en faisant l'éloge du maréchal Pétain. Puis à Fribourg-en-Brisgau, à Sigmaringen, à Staufen, à Badenweiler, à Titisee, autant de dépôts signalés où ils trouvèrent surtout des archives, des collections publiques et privées allemandes, qui ne relevaient pas de leur juridiction. Qu'importe, il leur fallait tout inspecter : l'ERR s'était développé en un réseau tentaculaire dont on ne devait négliger aucune ramification.

De nouveaux « Collecting Points » ouvrirent à Wiesbaden et à Marburg pour réunir les objets appartenant aux musées locaux. D'autres spécialistes allemands se joignirent aux délégations alliées chargées des inventaires. Une confiance mutuelle s'établit, sans rapports de force : Rose apportait le même soin à répertorier les œuvres allemandes que celles de provenance française. De leur côté, les experts allemands comprirent que ces étranges officiers sans armes étaient là non en conquérants, mais en sauveteurs du patrimoine d'une nation qui leur avait déclaré la guerre. La germanophilie de Rose ne laissait pas de les étonner.

Dans cet univers essentiellement masculin, Rose pouvait aussi compter sur une « Monuments Woman » : Edith Standen, une conservatrice américaine de haut rang, nommée chef du Collecting Point de Wiesbaden. Ensemble, elles travaillèrent sans relâche à récupérer et, quand c'était possible, à restituer ces collections allemandes. Edith Standen aida également Rose à superviser le transfert d'œuvres à Baden-Baden, la capitale administrative de la zone française.

Il n'y eut pas de répit cet été-là : en août, une nouvelle mission remit Rose sur les routes avec Pierre-Louis Duchartre pour escorter le professeur Bousquet, représentant de la CRA auprès des « Monuments Men », dans les zones des 3e et 7e armées américaines. Partis le 12 août à Heidelberg, ils eurent la surprise d'y rencontrer James Rorimer. Celui-ci était contrarié : il n'avait toujours pas reçu les documents transmis par la CRA à la SHAEF. Rose avait vu juste : un dossier mal transmis était un dossier perdu.

Leur parcours suivait celui qu'avait emprunté l'Américain quelques mois plutôt. Dans la mine de sel de Heilbronn, les vitraux de Strasbourg les attendaient, protégés dans des caisses intactes. À Munich, ils visitèrent le Central Collecting Point, où du personnel américain et allemand répertoriait des archives, une iconothèque, une bibliothèque… et veillait sur la collection Goering retrouvée à Berchtesgaden. Le même jour, les trois Français atteignirent l'île de Herrenchiemsee, où un château pseudo-versaillais bâti par Louis II contenait plus de 200 caisses de provenance française, dont l'argenterie d'une famille Rothschild.

Füssen ne quittait pas l'esprit de Rose. Quand elle retourna enfin au château de Neuschwanstein, elle fut accueillie avec cordialité par Robert Posey, le « Monuments Man » qui avait découvert Altaussee. Après avoir traversé l'enceinte, elle parcourut, muette, les pièces encombrées de ces peintures, sculptures et objets d'art dont elle avait tenté de mémoriser le moindre détail, en leur promettant intérieurement de les renvoyer à leurs propriétaires. La main posée sur un cadre, elle renouvela sa promesse. Avec l'accord des « Monuments Men », la collection de Füssen serait renvoyée directement en France par chemin de fer, sans être déballée ni transiter par le Collecting Point de Munich.

Rose marqua une pause sur le balcon qui donnait sur les montagnes environnantes et le lac en contrebas, scintillant sous le soleil d'été. Un jour, cet endroit retrouverait sa splendeur de conte de fées. Les visiteurs ignoreraient quel entrepôt criminel il avait constitué pendant la guerre. Peut-être était-ce justement cette fonction d'abri qui lui avait permis d'échapper au sort des autres grands sites allemands.

Les yeux perdus dans les eaux du lac, Rose repensa au château de Chambord, cette autre demeure d'un roi esthète, chez qui les plus belles créations de l'esprit humain avaient trouvé refuge jusqu'à la Libération. Les gardiens y étaient restés pendant toute la guerre auprès de leurs glorieux pensionnaires. Le gel féroce des hivers 1941 et 1942 avait mis leur vie de château à rude épreuve…

Des conservateurs du Louvre étaient régulièrement passés inspecter la bonne tenue des collections, dont l'infatigable Jacqueline Bouchot-Saupique. Leur venue réchauffait les cœurs, on aimait sortir les toiles de leurs caisses, revoir les visages peints, les couleurs vives, comme des instantanés d'un passé heureux.

Chambord était devenu une enclave hors du monde, qui aurait pu se croire à l'abri de la guerre si une sentinelle vert-de-gris ne s'y était postée à son tour. Les soldats allemands n'ignoraient rien de l'existence du plus grand dépôt français. Ils y avaient envoyé une petite garnison, puis placardé une affiche en allemand à l'entrée informant que le bâtiment était sous leur protection militaire. Mais ils n'avaient touché à rien. Ni aux collections publiques ni aux gardiens. Ils attendaient la signature du traité de paix pour voler ce qu'ils feignaient de protéger.

Ils s'étaient saisis, en revanche, de collections privées, sans que personne puisse les en empêcher. En juillet 1941, l'ERR avait emporté des caisses floquées Levy, Jacobson, Leven, Loewel, Reichenbach, Reinach pour les stocker au Jeu de Paume. Suivant le rapport Kümmel, les nazis s'étaient également emparés d'anciens trophées de guerre d'origine allemande... sans prendre garde au bureau sur lequel avait été signé le traité de Versailles, lui aussi conservé à Chambord.

Le 22 juin 1944, un avion allié s'était écrasé tout près du château, projetant des débris jusqu'aux fenêtres, avant de brûler pendant plusieurs heures. Pilotes et bâtiment s'en étaient sortis indemnes. Si l'avion avait percuté les terrasses, l'essence se serait répandue dans le bâtiment, à la merci d'une étincelle. Les gardiens auraient alors sorti leur matériel à incendie, testé lors d'exercices réguliers. Ces vétérans de la Grande Guerre mutilés auraient sacrifié une autre partie d'eux-mêmes pour sauver des naïades peintes comme ils auraient sauvé un camarade de tranchée.

Les 21 et 22 août 1944, les troupes allemandes avaient accusé les gardiens de leur avoir tiré dessus d'une fenêtre. Ceux-ci avaient tenté de démontrer l'absurdité d'une telle accusation, mais quatre d'entre eux avaient été fusillés. Les œuvres de Chambord avaient progressivement pris le chemin du retour en janvier 1945. Les caisses étaient abîmées, mais pas leur contenu, grâce à ces hommes et à ces femmes qui avaient rempli leur mission avec zèle et fierté. Plusieurs responsables de dépôts français étaient devenus résistants, galvanisés par leur rôle de protecteurs : les 52 gardiens du château de Montal, où la Joconde avait fini sa course, s'étaient engagés chez les Francs-tireurs.

Qui avaient été les anges gardiens de Neuschwanstein ? se demanda Rose. Peut-être y avait-il eu, parmi eux, des gens plus touchés par la provenance de ces richesses que par leur valeur, et avaient-ils souhaité, au fond d'eux, que le château de Louis II retourne à son destin de fantasme inachevé, aux pièces vides et inaccessibles.

En septembre 1945, la capitulation du Japon mit fin à la guerre pour de bon. Rose fut affectée à Berlin, dans le groupe français du Conseil de contrôle qui réunissait les quatre puissances alliées, elles-mêmes occupantes désormais, pour prendre des décisions communes. L'administration se construisait au jour le jour, pour assurer les réparations aussi bien morales et matérielles qu'artistiques. Rose suivait de près les intentions de chacun : si les intérêts, les réclamations divergeaient, ce n'était pas une raison pour réparer n'importe comment. Les œuvres d'art ne feraient pas exception.

Les Russes parlaient de réparations de guerre, de remboursement. Les Anglo-Saxons, peu touchés matériellement par le conflit, voulaient expédier le problème. Les Français proposaient simplement de remettre les œuvres aux familles, lorsque celles-ci étaient encore en vie. Or, même les vœux pieux devaient obéir à des règles juridiques strictes. On aboutit à un règlement, soutenu par Rose qui en ferait la grande mission de sa vie : localiser les œuvres, identifier leurs propriétaires, restituer leurs biens.

Elle s'installa dans un logement de fortune à Frohnau, au nord d'une ville dont on ne voyait plus que le squelette de béton et de fer. Il ne restait plus rien du Berlin des années vingt, si gai, si exubérant, ouvert à toutes les créations. Comme dans une nouvelle Occupation, elle réapprit à vivre avec les restrictions de nourriture, de déplacement, de communication. Elle rongeait son frein en attendant des ordres de mission qui n'arrivaient pas. Les relations étaient de plus en plus tendues avec les Soviétiques. Elle voulait retourner une dernière fois à Füssen pour participer au rapatriement des œuvres.

Or, à Neuschwanstein, l'obligeant Robert Posey n'était plus maître des lieux. Rose n'assista pas au labeur des Américains qui vidèrent peu à peu le château de ses prestigieux otages. Sous la neige, l'édifice semblait encore plus féerique, plus wagnérien qu'au printemps. Mais l'hiver alpin compliquait le travail des hommes, qui mirent au point des systèmes de leviers, de poulies et de planches sur lesquelles glissaient les cargaisons. La fragilité de leur contenu rendait chaque manœuvre délicate. Les caisses de l'ERR arrivèrent à Paris sans perte ni casse ; on en fit l'inventaire sur place, en se basant sur les archives allemandes et les informations de Rose.

Au même moment, d'autres troupes alliées découvraient les camps de Buchenwald, Dachau, Mauthausen, Bergen-Belsen. Les soldats ouvraient les portes sur des corps diaphanes, des fantômes hâves titubant dans une nuit éternelle, les visages figés dans une indicible terreur. L'espérance de vie de certains se comptait en secondes. Les soldats rompus aux horreurs de la guerre en perdirent la voix, le souffle, jusqu'à la pensée.

Il ne s'agissait plus là de patrimoine, de sauvegarde, de rendre des biens à ceux qui les avaient aimés. Dans ces lieux, tout souvenir d'humanité avait disparu.

Au tribunal, ni remords ni regrets

Dans la salle d'audience du palais de justice de Nuremberg, 22 hommes apparurent un à un. Ils s'assirent sur des bancs, coiffèrent un casque pour suivre les traductions simultanées, et patientèrent. Derrière la vitre, Rose plissa les yeux. Dans le box des accusés, elle revit des visages familiers. Alfred Rosenberg, avec son regard de glace, sa bouche pincée. Ribbentrop, l'ancien ministre des Affaires étrangères du Reich, qui avait été à l'initiative des pillages en France. Et Goering, l'ogre Goering qu'elle avait connu énorme, bravache, brandissant son bâton d'ivoire en uniforme d'opérette, flottait dans une tenue grise dépourvue de décorations, amaigri par ses six mois de détention, un mince sourire aux lèvres. Rose considéra avec curiosité ce qui restait du numéro 2 du Reich, de l'homme qui s'était vautré dans le luxe pendant que des millions de gens mouraient, spoliant jusqu'à Hitler pour son bon plaisir.

Ce 6 février 1946, la cinquante-deuxième journée du procès de Nuremberg fut consacrée aux spoliations artistiques nazies, qualifiées de crimes par la loi internationale. Rose y assistait en tant que représentante de la CRA. Dans la salle de presse envahie de fumée, elle suivit les interrogatoires, un cendrier à côté d'elle, casque aux oreilles, prenant des notes.

Cette séance avait failli ne pas avoir lieu. Le tribunal international exceptionnel qui s'était réuni quatre mois plus tôt jugeait ces anciens chefs nazis selon trois nouvelles catégories de crimes : crime contre la paix, crime de guerre, crime contre l'humanité. L'ampleur du procès avait réduit la partie des spoliations à une version « allégée ». Mais en apprenant par la délégation des États-Unis que Rosenberg prétendait encore que toutes ces œuvres n'avaient été saisies que pour être « protégées », la délégation française avait décidé de présenter les preuves irréfutables d'un pillage, le plus grand de l'histoire.

Rose avait insisté de son côté pour que l'on n'oublie pas ce chapitre du livre noir du nazisme, tout en étant consciente que le jugement des crimes humains primait sur les autres. Le tribunal accepta de consacrer trois jours à ce dossier que beaucoup, dans l'audience, découvraient.

Rose observa Goering, dont elle distinguait le profil, pendant que l'avocat français Charles Gerthoffer exposait les affaires personnelles auxquelles le dirigeant nazi avait consacré tant de temps et d'énergie pendant la guerre. L'instruction avait été bien menée : les documents et archives fournis par les armées française et américaine donnaient tous les détails, accablants, indiscutables. Rose écoutait. Elle revivait le récit des événements qui avaient changé sa vie : la mise en place de l'ERR à Paris, l'ordonnance du 5 novembre 1940 par laquelle Goering s'était rendu maître de toutes les confiscations, les œuvres « dégénérées » conservées pour être échangées ou vendues, les ordonnances déformées par les autorités nazies pour justifier leurs prises, l'élargissement de celles-ci aux livres, aux meubles, les efforts pour donner à cette « volonté impitoyable de domination, dans tous les domaines », des apparences légales. Il ne s'agissait pas là de pillages ordinaires, comparables à ceux des conquêtes du passé. Il s'agissait d'intentions criminelles, pour satisfaire des besoins qui reposaient sur la haine, la dénégation, l'anéantissement d'autrui.

La défense pouvait toujours minimiser en rappelant que la plupart des œuvres spoliées avaient été retrouvées intactes par les armées alliées : le caractère secret de ces actions prouvait leur nature frauduleuse. L'usage de menaces et de violences, envers les populations juives en particulier, constituait une circonstance aggravante.

Rosenberg se rongeait les ongles ; c'était la première fois que Rose le voyait trahir une émotion. Goering, lui, retrouva sa faconde, et monta à la barre comme un acteur sur le point d'entonner son chant du cygne, exposant une dernière fois l'étendue de sa mégalomanie.

Le Falstaff déchu redevint le maréchal vaniteux de ses heures de gloire. C'était à croire que le sevrage et le régime forcés lui avaient rendu à la fois sa lucidité et sa combativité. Il tint tête au procureur américain Robert H. Jackson, dont les attaques maladroites tournèrent en la faveur de l'accusé. Pendant trois jours au tribunal, puis les mois suivants auprès du psychiatre venu l'interroger dans sa cellule, il démonta toutes les accusations avec une mauvaise foi et un aplomb sidérants. Il voulait rester le numéro 2 du Reich, pour le prestige, pas pour endosser les pires responsabilités. Il revendiqua fièrement sa fidélité à Hitler, prétendit avoir été un exemple, un modèle, mais niait être antisémite. Il assumait sa participation active aux décisions militaires, pas aux programmes d'extermination – il ignorait d'ailleurs l'existence de camps de concentration, plaidait-il. Quoique, il en avait lui-même créé dès 1933, mais dans le but d'emprisonner les ennemis du Reich, pas de les tuer… C'étaient Himmler et Goebbels, ces lâches qui s'étaient suicidés, les seuls responsables des atrocités. Bon, il avait bien eu vent de rumeurs, de massacres de masse, mais il doutait qu'ils aient concerné des femmes et des enfants. Et puis, à supposer qu'il ait eu le temps de vérifier, il n'aurait rien pu faire pour l'empêcher. Ses collections d'art ? Ah, enfin un sujet sérieux ! Oui, il en était terriblement fier, c'était l'orgueil de sa vie. Il rappela qu'il se considérait comme un « homme de la Renaissance », reconnaissant volontiers son goût des belles choses, son besoin d'agrandir encore et encore ses possessions. Mais il n'avait rien fait d'illégal pour cela, il avait toujours payé – pas très cher, certes... Et puis, mieux valait que ce soit lui qui ait pris ces œuvres que ces « foutus Russes » ! On lui reprochait de s'être enrichi personnellement pour décorer ses nombreuses demeures ? Il répliqua qu'il avait prévu, grand prince, de tout léguer aux musées du Reich après sa mort.

Au tribunal, Goering jouait sa partie, dans le déni et l'autosatisfaction qui avaient régi son existence, osant des traits d'humour. Ses coaccusés, après avoir passé leur vie à le haïr, reconnurent sa supériorité, admirèrent ses harangues. Goering était si satisfait de son parcours, et avait si bonne conscience au moment de passer par la justice finale, cette « farce de procès », qu'il était convaincu de rester dans l'histoire comme le bienfaiteur du peuple allemand. Une chose, cependant, fissura sa décontraction. On lui apprit que son Vermeer bien-aimé, *Le Christ et la femme adultère* retrouvé par les « Monuments Men » à Altaussee, était un faux.

Une enquête avait remonté sa piste jusqu'à un obscur peintre hollandais, Han Van Meegeren, qui l'avait vendu au marchand allemand Alois Miedl, lequel avait ensuite accepté un échange important de Goering. D'abord inculpé pour « pillage de trésors nationaux au profit de l'ennemi », Van Meegeren s'était défendu en avouant qu'il était lui-même l'auteur de ce Vermeer, ainsi que de plusieurs autres qu'il avait mis sur le marché pour s'enrichir. Incrédules, policiers et experts lui avaient demandé de reproduire ce tableau sous leurs yeux. Le Hollandais proposa mieux : de créer un Vermeer inédit, devant eux. Il peignit en détention une scène biblique frappante, propre à berner à nouveau les experts.

Désormais vu comme un faussaire de génie, non plus comme un collaborateur, Van Meegeren devint un héros aux yeux de l'opinion publique, pour avoir roulé un dirigeant nazi. Il fut condamné à un an de prison pour escroquerie ; une crise cardiaque fatale lui évita de purger sa peine.

Quand il apprit la vérité sur son Vermeer, le visage de Goering se défit. Un témoin aurait rapporté qu'« il avait l'air pour la première fois de découvrir qu'il y avait du mal dans le monde ». Il blêmit à nouveau en écoutant Albert Speer le démolir à la barre, confirmer sa corruption totale et le mépris que Hitler lui vouait.

Au bout de ces trois jours, Rose quitta Nuremberg avec le sentiment que ce procès essentiel ne suffirait pas à obtenir réparation. Elle avait toutefois reçu un don précieux du service photographique : la copie sur microfilms des 39 albums que Rosenberg avait offerts à Hitler en 1943 pour son anniversaire, contenant les reproductions des plus belles œuvres pillées, avec l'indication de leur provenance. Une nouvelle pièce à conviction qui l'encourageait à poursuivre sa mission.

Après plusieurs mois d'audience, tous les accusés plaidèrent non coupables, sauf Speer. Ils se levèrent pour écouter leur sentence. Reconnus coupables de tous les chefs d'accusation, sans aucune circonstance atténuante, Goering et Rosenberg furent condamnés à mort. Goering attendit que la traduction parvienne à ses oreilles. Il resta sans réaction, n'ajouta rien, et retourna dans sa cellule. De son côté, Rosenberg, qui s'était retranché derrière son masque d'intellectuel incompris, se contenta d'écrire que le national-socialisme était « l'idée la plus noble au service de laquelle un Allemand puisse consacrer ses forces ».

Goering n'avait pas dit son dernier mot pour autant. Selon lui, la corde était un mode d'exécution indigne de son rang. Déjouant la surveillance des gardes, il avala une capsule de cyanure dans sa cellule, quelques heures avant sa pendaison, le 15 octobre 1946.

Le silence de la terre

L'été, Rose revenait en France pour quelques semaines de congé. Pendant l'Occupation, elle n'en avait pris aucun. Parce qu'elle ne voulait pas s'éloigner du Jeu de Paume, et qu'il fallait un laissez-passer pour aller en zone libre, où se trouvait Saint-Étienne-de-Saint-Geoirs, son village natal, en Isère. Ce retour aux sources lui avait manqué. Elle commença par retrouver Joyce dans leur appartement parisien, mais elle tenait à revenir dans son Dauphiné de cœur. Elle aimait contempler le massif de la Chartreuse, le Vercors, et encore plus loin Belledonne, dont les sommets se couvraient de blanc dès l'automne.

Au cœur de cette commune de 2 000 habitants se trouvait la maison où elle avait grandi, toute proche de celle où elle était née. Une grande bâtisse aux murs couverts de galets en épis et au jardin clos indécelable de l'extérieur. La forge de son père était toujours au rez-de-chaussée. Elle y recevait ses cousins et cousines, dont ses préférés, Adrien et Marguerite, et les enfants des uns et des autres, impressionnés par cette dame venue de la capitale, qui savait tant de choses. Pour eux, elle restait « Rosette ».

Sur la table du petit jardin, elle disposa une corbeille de noix, un saladier où perlait l'ail des ours fraîchement rincé, et un verre d'orgeat glacé. En fermant les yeux, Rose respira les parfums doux-amers de sa jeunesse. Ses souvenirs d'enfance s'effaçaient comme si sa vie avait véritablement commencé à partir de ses années d'études, ses cursus cumulés qui étanchaient à peine sa soif de connaissances, son désir inavoué d'être nommée conservateur, une profession encore fermée aux femmes. Elle se réjouissait que Jacqueline Bouchot-Saupique soit devenue la première conservatrice de France, en 1945.

Dans son jardin où courait la brise, sous le sifflement strident des hirondelles, Rose se remémora sa rencontre avec Jacques Jaujard, qui avait marqué le grand tournant de sa vie. Elle revit ce jour fiévreux où elle avait accompagné un convoi pour Chambord. Puis ses souvenirs se mêlèrent en une masse d'images où se confondaient des milliers de caisses, de camions, de wagons, de papiers, de tableaux ; la peur et l'impuissance au Jeu de Paume, les routes interminables d'un dépôt à l'autre en Allemagne ; les trésors de patience et de ténacité qu'il fallait déployer pour rendre jusqu'au plus petit objet. Avec, toujours, Joyce en filigrane, seulement visible de ceux qui prêtaient attention aux hors-champs, à l'arrière-plan des gens.

Joyce n'était venue qu'une fois au village, presque en cachette, et avait dû dormir à l'hôtel avant de repartir le lendemain. Elle connaissait pourtant Marguerite, la cousine dont Rose était si proche, avec qui elle avait échangé des lettres affectueuses. Cette mise à l'écart la blessait, mais c'était ainsi. Elle était bien placée pour savoir que certains parents préféraient ignorer leurs enfants plutôt que de les voir heureux. Et Rose n'était pas plus heureuse pour autant de barricader ainsi son amour secret : elle s'ennuyait vite de Joyce. Au bout de quelques jours, elle prétextait un appel urgent du Louvre pour retourner à Paris.

Le long séjour de Rose en Allemagne, qui allait durer huit ans, ne mit pas non plus en péril leur relation. Au début, Joyce lui écrivait des lettres cryptées, sachant qu'elles étaient ouvertes par la censure militaire. En octobre 1946, alors que Rose venait de recevoir la Légion d'honneur, elle félicitait sa « chère toute petite Rosette », sa « Pouchka radieuse », sous le voile d'un pudique vouvoiement. La censure manqua l'ampleur de son regret qu'elle ne se fasse pas décorer à Paris.

Joyce s'arrangeait encore pour rendre visite à Rose outre-Rhin tout au long de l'année, au gré de ses missions. Rose l'emmenait admirer les clochers encore debout dans les villages, naviguer sur le lac de Constance, et prenait de minuscules photos carrées où les robes fleuries de son amie se confondaient avec le feuillage de la Forêt-Noire. Joyce renouait alors avec sa langue maternelle, celle d'Hölderlin et de Schiller, effaçant le souvenir des vociférations nazies.

Rose rouvrit les yeux et se retrouva dans son jardin, face à l'orgeat dont les glaçons avaient fondu. Elle savait pourquoi elle n'était pas restée ici, à Saint-Étienne-de-Saint-Geoirs, pendant la guerre. C'était là qu'elle avait grandi, et elle garderait à jamais l'attachement à ses racines, mais c'est en partant qu'elle était devenue Rose Valland.

Un agent pugnace

Sauter dans une Jeep, cigarette américaine à la main, se frayer un chemin sur des routes impraticables, diriger des équipes dans une ambiance militaire : malgré les peines de l'après-guerre, Rose vivait intensément sa nouvelle vie de capitaine Beaux-Arts. La sage Iséroise, l'étudiante sérieuse, l'attachée de conservation effacée avaient laissé place à un officier pugnace, à une experte reconnue dans son domaine, parmi ses semblables américains, britanniques et français. En avril 1946, elle prit du galon en devenant chef de la section Beaux-Arts à Berlin, tout en continuant de se rendre régulièrement à Munich.

Ses conditions de vie restaient réduites à l'essentiel, elle dépendait toujours d'une voiture disponible pour travailler, trouver où dormir, de quoi se nourrir. Elle s'estimait néanmoins heureuse en croisant en chemin des milliers d'anciens prisonniers qui rentraient chez eux à pied, un sac presque vide à l'épaule. Ils étaient maigres, pâles, flottaient dans leurs manteaux. Certains avançaient, le regard fixe, comme absents du monde, sans destination au bout de leur calvaire. Rose pensa aux camps, aux captifs qui n'avaient plus eu la force de se réjouir de leur libération, à ceux qui étaient morts juste après.

Rose ressentait la même empathie envers les *Trümmerfrauen*, les « femmes des ruines » qui déblayaient leurs villes de ce qui restait des bâtiments, et grâce auxquelles on pouvait espérer un jour revoir des lieux de vie, des écoles, des chambres où se retrouver à l'abri.

Elle croisait encore des trains qui continuaient à rouler, sans sièges ni fenêtres, remplis de gens cherchant un proche, un point de ravitaillement, une autre vie. Sa guerre aurait été marquée par les chemins de fer, ces trains chargés d'œuvres fonçant vers les châteaux des puissants, ces autres chargés d'hommes, de femmes et d'enfants en direction des camps, priant pour qu'un sabotage ou un déraillement les sauve. Dans l'Allemagne vaincue, ces trains cabossés tournaient en rond et les errants patientaient des jours à quai en attendant d'y trouver une place.

Certes, Paris et Joyce manquaient à Rose, les innombrables démarches administratives usaient son temps et ses nerfs. Mais elle savait qu'elle était à sa place, ici, dans cette Allemagne à reconstruire. Faute de moyens solides pour accélérer ses missions, elle prenait le temps d'enquêter, d'interroger des témoins plus ou moins directs. Elle examinait les musées allemands, flairant les œuvres douteuses. Ses collègues français aussi se démenaient, la CRA lui envoyait de nouveaux experts, et si elle n'avait aucune position hiérarchique notable, par son travail, son engagement, ses connaissances et sa façon de tenir tête aux mauvaises volontés, elle acquit sans en avoir conscience une stature de chef.

De retour d'un voyage à Brême, elle apprit que la Légion d'honneur lui avait été attribuée, sur proposition de Jacques Jaujard, désormais directeur général des Arts et Lettres. « Je ne vous cache pas que je suis très sensible à cette décoration, lui écrivit-elle en remerciement. J'ai immédiatement accroché ce ruban rouge, ce qui améliore grandement mon uniforme qui est assez défraîchi ! » D'autres décorations suivraient : la médaille de la Résistance, la Medal of Freedom américaine… Des marques de reconnaissance exceptionnelles que ses futures hiérarchies dédaigneraient.

Comme les tableaux qu'ils avaient volés, les témoins clés des spoliations avaient tendance à se volatiliser sans laisser de traces. Le temps pressait pour les attraper au collet, et Rose fit venir au Collecting Point de Munich les anciens employés de l'ERR qui n'étaient pas encore en prison. Si beaucoup d'entre eux livrèrent leurs informations, dénonçant les uns et rejetant la faute sur les autres, ce n'était pas le cas de tous les marchands ayant travaillé pour Hitler et Goering. Parmi ceux-ci, Rose confronta Walter Bornheim, Hildebrandt Gurlitt et Hermann Voss, lors d'interrogatoires tendus. Sans hésiter, Gurlitt balança ses confrères, les musées complices, pour sauver sa peau et conserver sa collection privée. Voss, feignant l'amnésie, ne révéla rien. Bornheim expliqua son mode opératoire avec une certaine fierté : il recevait ses clients dans une suite du Grand Hôtel, à Paris, payait comptant. Il contactait Goering par téléphone, sous le nom de Müller, et expédiait les œuvres acquises pour lui en Allemagne. Il en profitait pour alimenter sa propre galerie à Munich, grâce à des camions couverts par une attestation de Goering confirmant son utilisation commerciale. Comme la plupart de ses confrères, Bornheim échappa à toute sanction. Il dut seulement verser des indemnités à la famille Drey, dont il avait « aryanisé » la galerie d'art en 1936, et reprit son activité de marchand d'art à Gräfelfing, en Bavière.

La zone britannique ne contenait pas d'autres dépôts que ceux utilisés par le marchand Rochlitz et le ministre Ribbentrop. Quant à la zone française, elle ne comprenait que des dépôts mineurs, vite pris en charge. Restait la plus impénétrable. La zone soviétique abritait d'importants dépôts de l'ERR. Le dépôt de Nikolsburg, en Tchécoslovaquie, avait été détruit par les bombardements, mais Rose espérait repérer dans les autres les meubles David-Weill, des tapisseries, des statues. L'ennui, c'est que les Soviétiques ne semblaient pas disposés à donner des autorisations pour rapatrier ces biens hors de leur zone. Prudente, Rose resta vague quant à leur emplacement exact. Les vols internes se perpétuaient, et elle devait redoubler d'ingéniosité pour retrouver des biens plus insaisissables que jamais.

En quête de la collection Schloss, qui avait été confisquée en France et envoyée au Führerbau à Munich pour y être pillée une seconde fois, elle avait édité un catalogue des toiles manquantes. Elle l'avait distribué à des marchands d'art, les priant de la prévenir s'ils en voyaient passer une. Soixante-treize tableaux furent ainsi récupérés. Attendre que les œuvres pillées par la population soient mises sur le marché, clandestin ou non, était une solution comme une autre dont les résultats n'étaient pas assurés. D'autant que ces marchands, antiquaires et acheteurs plus ou moins véreux, formaient un réseau solidaire, dont le moindre nœud défait aurait escamoté pour de bon l'œuvre recherchée.

La police allemande fut elle aussi mise à contribution, avec la promesse d'une prime pour chaque tableau restitué, au risque de certaines récupérations abusives que Rose dut retourner à leurs légitimes propriétaires allemands. Son travail ne se limitait pas à l'art : son équipe réunit plusieurs instruments de musique, dont une remarquable collection de la claveciniste Wanda Landowska, confisquée dans sa maison du Val-d'Oise. Exilée à New York, la musicienne écrivit à Rose toute sa reconnaissance, ces instruments étant pour elle « bien plus qu'une antiquité rare et précieuse. Ce sont, au contraire, des documents vivants, inappréciables ». Comme les tableaux, les objets, les livres et les meubles, on retrouvera des milliers d'instruments spoliés, parfois dans des endroits aussi dissonants que des camps de concentration et des sous-marins allemands.

Rose et Rorimer se recroisèrent durant l'automne 1946 à Francfort, à Wiesbaden et à Heidelberg. Depuis leur première rencontre à Paris, leur confiance mutuelle et leur détermination respective avaient porté leurs fruits. Le travail de restitution en zone américaine prenait fin ; 29 000 objets avaient déjà été retrouvés. Les collections de Hitler et de Goering étaient retournées en France, avec à la fois les œuvres spoliées et celles acquises dans le commerce par les acheteurs officiels du Reich.

À Paris, les premières restitutions avaient commencé dans un chaos décourageant. Les dossiers de la CRA se comptaient par milliers, et les fiches signalétiques, par dizaines de milliers. Une exposition fut organisée à l'Orangerie pour exposer quelques-unes des œuvres retrouvées et montrer l'efficacité de la Commission. Les œuvres secondaires, elles, demandaient des connaissances plus pointues, des investigations plus serrées, avec des résultats incertains. L'ancien conseiller Hofer fut dépêché de Nuremberg pour aider à identifier les toiles restantes de la collection de Goering.

La publication des « Répertoires des biens spoliés » permit de recenser les œuvres manquantes et réclamées, tout en sachant que les listes resteraient incomplètes. Tous les propriétaires n'avaient pas déclaré leurs biens spoliés à la CRA, dont peu de gens connaissaient l'existence. Des réclamations ne pouvaient aboutir faute de documents prouvant la propriété, perdus ou détruits. Et il restait un vide béant, celui des personnes spoliées déportées, assassinées, et de leurs descendants introuvables.

À la fin de l'année 1946, les recherches de Rose dans le sud de l'Allemagne s'achevèrent. Elle s'installa pour de bon à Berlin, résolue à ratisser la zone soviétique, avec ou sans autorisation. À peine arrivée, elle prépara son exploration d'un lieu aussi intrigant, sinon plus, que les cachettes bavaroises. Un lieu niché dans la forêt de Schorfheide, un relais de chasse qui avait enflé jusqu'à devenir un véritable musée des spoliations, et dont il ne restait plus que des ruines.

Statues brisées et tombe profanée

Rose avançait à pas prudents dans les décombres, au pied d'une avalanche de bois et de béton. Yeux plissés derrière ses lunettes couvertes de buée, elle scrutait un objet identifiable, le bras d'une statue, le coin doré d'un cadre, un pied de fauteuil. Mais dans ce chaos détrempé par la pluie de novembre, elle peinait à reconnaître le moindre ornement dans ce qui restait de Carinhall.

Elle avait souvent imaginé à quoi ressemblaient les murs de la propriété mégalomane de Goering, habillés des tableaux du Jeu de Paume. Les Boucher ornant les salons privés d'Emmy Goering, les Rubens dans le salon de musique… Ceux qui avaient subi des dommages durant leur transfert forcé avaient été restaurés par l'épouse de Walter Hofer.

Rose se représenta les parties de chasse, les réceptions que le Reichsmarschall dévolu aux relations publiques donnait aux élites nazies, aux grands industriels, aux puissants amis du régime dont il avait reçu tant de cadeaux intéressés. Il ne manquait pas de leur faire visiter sa grande galerie, ornée de chefs-d'œuvre acquis dans le mensonge, la menace, la mort.

Goering se gardait bien, cependant, de montrer ses plaisirs coupables aux yeux du Reich : des Monet, des Courbet, des Cézanne, des Van Gogh dont l'un aurait été accroché dans sa chambre à coucher, à côté d'une horreur pseudo-mythologique signée Werner Peiner, peintre officiel qu'il avait parrainé, trop heureux de jouer les mécènes.

De cette folie des grandeurs ne restaient qu'une clairière dévastée où la végétation affleurait, des monticules de débris qui s'effondraient sur eux-mêmes, roulaient sous les chaussures de Rose, lui faisant perdre l'équilibre. Elle devait à tout prix éviter de se blesser : elle était là en mission clandestine.

Dans Berlin divisé en quatre, elle s'était heurtée sans cesse à la mauvaise foi des Soviétiques. Or, Carinhall se trouvait dans leur zone, et elle devait y constater ce qui avait échappé à la dynamite, récupérer ce qui pouvait l'être. Lasse d'envoyer des demandes d'autorisation qu'elle savait jetées dans la corbeille des peines perdues, elle s'y était rendue incognito à plusieurs reprises.

Une fois, munie de faux papiers, escortée d'un complice allemand, elle s'était présentée comme membre d'une organisation chargée de sauvegarder des œuvres abîmées par la guerre. Sur place, elle avait repéré deux lions en granit rose du XVIe siècle, que Goering avait achetés à Paris – avec les indemnités d'entretien des troupes d'occupation versées par la France. S'il avait pu les emmener en train chez lui pour en faire des porte-drapeaux, leur poids l'avait dissuadé de les transférer à Berchtesgaden. La même difficulté se présenta à Rose. Comment faire passer de telles masses en zone française sans se faire repérer ?

Elle avait alors obtenu une autorisation officielle, en mai 1947. Auprès des nombreux représentants russes qui l'escortaient, elle avait dû insister sur l'importance symbolique de ces statues. On lui avait permis de les déplacer – à condition qu'elles restent dans la zone soviétique. Peu à peu, échappant à la surveillance, les lions s'étaient rapprochés de la frontière interdite. Puis Rose les avait fait charger dans un camion, recouvrir de gravats, et franchir la ligne de démarcation sans que la benne soit contrôlée. Les lions avaient été stockés dans la cave d'un immeuble en attendant une occasion de les renvoyer en France par chemin de fer. Comme le haut-commissaire français venait chaque mois à Berlin, il accepta de rapporter les imposantes statues dans son train spécial. Les lions montèrent la garde dans la cour Visconti du Louvre avant de trouver leur place définitive aux Invalides.

Six mois plus tard, la voici ratissant en cachette 120 hectares de la forêt de Schorfheide, fouillant dans les gravats à la recherche d'œuvres abandonnées par Goering. Ses nombreux domestiques et hommes de main étaient déjà passés se servir après le départ de leur maître ; Rose avait leurs adresses et comptait les interroger un par un. Aidée de collaborateurs allemands, elle chercha longuement parmi les éboulis, fouilla les bunkers, courbée, à quatre pattes dans la boue. Au mépris du danger, elle explora ce qui restait de l'incroyable réseau souterrain de Carinhall, espérant déboucher sur des caves épargnées par les explosions qui pourraient contenir des tableaux, des meubles. Elle n'en retrouva que des fragments, dont ceux d'une statue qu'elle avait vue au Jeu de Paume, provenant d'une collection Rothschild.

Ses investigations l'avaient mise sur la piste de sculptures enterrées, ou dispersées dans la forêt entourant la propriété. Elle traversa la forêt en balayant le sol du regard, comme dans une battue où les statues blessées auraient remplacé le gibier, vandalisées ou abîmées par les intempéries. Camouflées dans les fourrés, des caisses encore fermées contenaient des fonts baptismaux, des bustes, des bas-reliefs gothiques et romans. Une copie de la *Victoire de Samothrace* en plâtre se dissolvait sous la pluie, les ailes basses. Une quinzaine de bronzes avaient été jetés dans le lac ; ils y resteraient à l'abri en attendant les autorisations et le matériel nécessaires pour les repêcher.

Rose avança dans les taillis. Elle arriva au rond-point où Goering avait érigé le tombeau de Carin, sa première épouse à laquelle il avait continué de vouer un culte. La porte avait été arrachée. Rose descendit les marches et trouva le cercueil profané. L'un de ses accompagnateurs lui apprit que le crâne du squelette avait été arraché et fracassé contre un mur.

Goering avait emporté ses tableaux, ses sculptures et ses meubles préférés dans sa fuite en abandonnant les restes de son épouse. Les fragments de Carin avaient partagé le sort de ses statues, des débris pâles dans les herbes folles.

En sortant du tombeau, Rose crut déceler un tesson de poterie. Elle se baissa pour le ramasser et l'examina. Le débris brunâtre était un morceau de crâne. Les dents serrées, elle fouilla autour pour récupérer d'autres fragments d'os et les enfouit dans une petite sépulture discrète, sous les yeux étonnés, vaguement émus, de ses accompagnateurs.

Batailles diplomatiques

Les barrages de la zone soviétique métamorphosèrent une nouvelle fois Rose Valland. D'agent de liaison, elle était devenue une espionne confirmée. De ses incursions en zone interdite, elle ramena un autre genre de rapports, estampillés « secrets », voire « très secrets ». Y figuraient des dessins, des plans, des détails sur les mouvements de troupe et l'armement de l'Armée rouge. De ces missions d'espionnage pour la France, elle ne dit jamais rien à personne. Elles auraient disparu avec elle, si les papiers n'étaient restés pour éventer leur confidentialité.

Son autorité avec ceux qui se croyaient supérieurs, sa reconnaissance pour les petites aides, son inébranlable courtoisie et son incapacité à capituler s'étaient raffermies, affinées. Elle savait d'instinct comment aborder les esprits obtus et les veto politiques pour obtenir des informations. Seules lui importaient les restitutions dans la justice et l'équité. Sous ses airs intimidants, elle gardait une sensibilité qui ne se limitait pas à l'art. Dans son rôle d'enquêtrice, elle n'oubliait pas que l'écoute primait sur les certitudes.

En mai 1949, forte de son expérience, elle se rendit à Karlshorst, dans l'est de la zone de Berlin contrôlée par l'URSS, pour récupérer des œuvres identifiées comme étant de provenance française. Certaines étaient conservées dans les chambres fortes de la Reichsbank ; elle y avait aperçu, lors d'une précédente visite informelle, une tapisserie française accrochée à un mur. Divers chefs de service russes prétendirent que les caves blindées avaient été détruites, leur contenu avec. C'était faux, elle le savait : les œuvres étaient parties pour l'URSS. Le colonel Ovtsonimnikov, qui dirigeait la division des réparations et restitutions dans sa zone, se plaignit alors de leurs difficultés à récupérer leurs propres œuvres spoliées. Il demanda à Rose si elle voulait bien les aider. Diplomate, elle accepta… en suggérant de la laisser entrer à Carinhall. Le colonel éluda.

Ce qui intéressait réellement Rose était le sort de deux Rodin que le sculpteur Arno Breker avait transférés de Paris à Berlin, une fonte du *Penseur* et une autre de *L'Homme qui marche*. Rose les avait fait rapatrier dans le secteur français de Berlin, puis dans un dépôt à Potsdam, d'où les Soviétiques s'en étaient emparés à leur tour pour les envoyer à Moscou. Elle remit au colonel Ovtsonimnikov une réclamation légale. On lui rétorqua que *Le Penseur* était toujours à Paris ! Paris conservait une des trois fontes existantes de cette statue, expliqua-t-elle avec patience, c'était l'originale qui était entre leurs mains. La réponse des Soviétiques ne se fit pas attendre : ce Rodin n'avait pas été retrouvé.

Rose comprit qu'elle ne devait espérer aucune restitution officielle de l'Armée rouge. Comme ses demandes ne servaient qu'à les mettre sur la piste de bonnes prises, elle résolut de ne plus leur donner la moindre localisation, et d'agir autrement. Les méthodes officieuses décevaient rarement.

Défiée par la duplicité des Soviétiques, galvanisée par son patriotisme, elle mit un point d'honneur à récupérer des pièces d'artillerie volées au musée de l'Armée, alors que ce n'était pas sa mission. Comme des canons en bronze que les Soviétiques s'apprêtaient à faire fondre, ou des drapeaux volés par les nazis aux Invalides, réclamés sans relâche. Là encore, on tenta de lui faire croire qu'ils avaient été détruits. Rose franchit les barrages et les contrôles, avec de faux papiers, se faisant passer pour un écrivain en tournée à Weimar, avant de les retrouver dans les caves d'un château. Un ministre finit par accéder à sa légitime demande, et les drapeaux furent remis à la France au cours d'une petite cérémonie.

La Commission de récupération artistique ferma en décembre 1949. L'Office des biens et intérêts privés prit le relais. Il fallut à nouveau jongler entre les différentes administrations et réorganisations. Une grande confusion s'ensuivit, qui mit sur le même plan œuvres spoliées et œuvres acquises lors de transactions légales.

Le gouvernement allemand changeait lui aussi, avec la séparation du pays en deux États qui disposeraient de leur propre souveraineté. Rose était décidée à associer les nouvelles RFA et RDA à ses tâches. Elle avait toujours gardé en tête une réconciliation franco-allemande dont elle se faisait, sans le savoir, l'ambassadrice. D'autant que les Américains souhaitaient rentrer chez eux et en finir avec les restitutions. Ils avaient l'intention de laisser toutes les œuvres non réclamées là où elles avaient été trouvées, donc à l'Allemagne et à l'Autriche.

Rose s'insurgea : ces œuvres devaient revenir aux victimes du nazisme, et non enrichir d'anciens nazis sur leur dos ! Elle envoya de furieux courriers de protestation à Washington, qui réussirent seulement à ralentir les transferts vers l'Autriche. Ce combat-là fut perdu. Ses longs efforts pour établir des restitutions justes, en partie grâce aux relations de confiance qu'elle avait nouées avec l'Allemagne, pouvaient être anéantis par une seule décision comme celle-ci.

Rose avait prévenu la CRA que les Anglais et les Américains voulaient partir en laissant les œuvres restant dans les dépôts aux Allemands. Elle avait demandé que les Français lancent « un projet de motion » pour « faire savoir aux gouvernements anglais et américain qu'ils n'estim[ai]ent pas les restitutions terminées », qu'ils voulaient « maintenir leurs droits à la restitution des objets volés pendant une période à déterminer » et « leur droit de superviser tout ce qui [serait] remis aux services allemands », sachant que ces remises seraient « provisoirement sous leur surveillance » et non considérées comme « leur propriété définitive ». Un délégué américain glissa à Albert Henraux qu'il serait bon que la France reprenne ces services de récupération, et que Rose en assure la direction.

Un nouveau Service de remise en place des œuvres d'art fut alors créé, avec Rose à sa tête. Mais elle se heurta vite à l'hostilité de Raymond Schmittlein, le directeur de l'Éducation nationale et des Beaux-Arts en Allemagne, qui n'appréciait pas son indépendance. Incapable de se confronter à elle, Schmittlein la priva de son personnel, puis de sa voiture de fonction, qu'il savait indispensable à ses recherches.

Il en fallait plus pour arrêter l'avancée de celle qui avait survécu à la surveillance quotidienne des nazis pendant quatre ans, à l'année zéro de l'Allemagne, au blocus de Berlin, aux débuts de la guerre froide. Elle n'abandonnait aucune demande, aucune piste tant qu'elle n'avait pas obtenu satisfaction. Tant pis s'il fallait pour cela envoyer des courriers dans le vide, téléphoner à des sourds, frapper d'une porte close à l'autre. Plus les obstacles s'amoncelaient, plus elle s'entêtait à les faire tomber un à un.

Le Collecting Point de Munich s'apprêtait à fermer à son tour, et elle exigea plusieurs fois son maintien : il y restait de nombreux objets non identifiés, et 3 000 œuvres issues de collections appartenant à des nazis, que le ministre bavarois souhaitait vendre aux enchères au profit des victimes juives. Rose préférait la solution d'attribution par probabilités d'appartenance à leur pays d'origine. Les Américains remirent ainsi 260 objets supplémentaires à la

France. Le Collecting Point passa ensuite sous autorité allemande, au soulagement de Rose qui avait longtemps travaillé en bonne intelligence avec les membres nommés à sa tête. Elle compta sur eux pour entraver le projet de vente aux enchères tant que les restitutions officielles ne seraient pas terminées.

Elle proposa alors de créer un « organisme allemand de récupération artistique accrédité auprès du gouvernement de Bonn ». Américains et Britanniques étaient étonnés de la confiance qu'accordaient les Français à leurs anciens ennemis, mais Rose établit informellement cette commission lors d'une réunion où elle nomma des représentants par zones, tous « hommes de musées » déterminés à « assurer honnêtement la liquidation de toutes les rapines du régime hitlérien ». Kurt Martin serait le délégué de la zone française. Le délégué allemand de la zone britannique n'était autre que Wolff-Metternich, leur ancien allié à Paris, qui bénéficiait déjà de l'estime générale.

Mais dans cette période de transition où l'on dénazifiait parfois hâtivement pour favoriser la reprise économique, des experts restaient fidèles au diable. Au printemps 1951, Rose reçut une lettre d'Elie Doubinsky, le représentant des restitutions artistiques françaises à Munich depuis 1946, l'informant que son projet de commission allemande n'était « plus qu'une illusion ». Un loup s'était glissé dans la bergerie. Le Collecting Point de Munich avait été laissé à l'abandon en 1950 par le docteur Heinrich, et un certain docteur Hoffmann, que Rose connaissait bien, en avait pris possession, sabotant les opérations de récupération et de restitution. « Vous connaissez assez le caractère sournois, chauvin et hostile du docteur Hoffmann », écrivait Doubinsky ; de fait, son emprise avait été telle qu'il avait ligué tous les experts allemands du Collecting Point contre les services américains et français. À son retour à Munich, Bruno Lohse avait rendu visite à Hoffmann, qui l'avait chaleureusement accueilli… « Le contrôle américain va être entièrement abandonné très prochainement, concluait Doubinsky dans sa lettre. Les Collecting Points en zone américaine seront remis sans la moindre surveillance aux Allemands. Les œuvres d'art non identifiées leur seront laissées, sans que nous ayons la moindre garantie. »

Quand le Collecting Point de Munich finit par fermer, 1 million d'œuvres y avaient transité. Près de 50 000 avaient été rapatriées en France. Par chance, la quasi-totalité avait été retrouvée en zone américaine, et la coopération immédiate des Américains avait facilité les opérations. Les Britanniques, eux, avaient souvent exaspéré Rose par leur désorganisation et leur lenteur. Au moins, les Soviétiques avaient été clairs dès le début dans leur refus de collaborer. Elle obtint néanmoins d'eux le retour de 742 œuvres… en majorité par ruse.

Le poste de Rose en Allemagne fut supprimé peu après, officiellement pour raisons budgétaires. L'intéressée et ses collègues s'insurgèrent. L'efficacité de son travail était reconnue, aurait-elle provoqué des jalousies ? Cette décision, pour une fois, ne dépendait pas que de mauvaises volontés : la marche du temps avait simplement pris un autre cours.

Les années cinquante n'étaient plus celles de l'après-guerre, mais de la reconstruction. Le terrain était moins favorable pour Rose, qui devait se heurter à une nouvelle géopolitique. La RFA avait ses propres lois de restitution et d'indemnisation, que la RDA ne partageait pas. À partir de 1955, l'URSS consentit à rendre à la RDA les œuvres saisies en 1945 par la Brigade des trophées, en signe d'« amitié » entre pays du bloc de l'Est… Cinq ans plus tard, 1,5 million d'œuvres revinrent en RDA, dont les tableaux pris au musée de Dresde. Quant aux centaines de milliers d'œuvres restantes… Disparues, envolées, ou inexistantes selon les interlocuteurs soviétiques.

Au même moment, en France, on aspirait aux bonnes relations avec la RFA, dont l'impressionnant essor économique laissait espérer des alliances, à peine dix ans après l'affrontement qu'on voulait oublier pour imaginer un avenir commun. Les souffrances, les rapts, les millions de morts allaient être occultés par les poignées de main et les signatures de nouveaux accords. Les restitutions seraient ralenties, puis stoppées.

L'intrusion de la politique dans son domaine horripilait Rose. Son sens moral était heurté par les négociations de puissances qui souhaitaient récupérer les œuvres à leur profit. Si elle contournait volontiers les lois, franchissant les zones interdites ou trichant sur son identité, c'était uniquement pour accomplir un impératif moral, qui la guidait depuis le Jeu de Paume. Si, sur certains terrains, des concessions étaient nécessaires pour parvenir à ses fins, rien, ni les jeux diplomatiques ni l'évolution des relations internationales, ne pouvait détourner Rose de son objectif. Elle continuerait à tenir son rôle, seule s'il le fallait.

Le temps était venu de rentrer en France. En moins de dix ans, Rose avait accompli la plus grande partie des restitutions artistiques. L'autre partie occuperait tout le reste de sa vie.

Le temps des comptes, lui, n'était pas terminé.

Comment se sauvent les coupables

La prison ne l'avait pas changé. Dans le box des accusés, Bruno Lohse gardait ce regard méprisant, ce sourire de murène, cette très haute estime de lui-même. Parfois, leurs yeux se croisaient, comme pour se mettre en garde. Tandis que Rose restait impassible face à celui qu'elle avait subi pendant quatre ans, Lohse la considérait d'un air moqueur. Elle avait changé, la petite souris du Jeu de Paume qui l'exaspérait si souvent. Elle avait pris du poids, de l'assurance. Avait-elle réussi à se marier, au moins ?

Alors que la plupart des complices des spoliations échappaient à la justice, des responsables de l'ERR comparaissaient au tribunal militaire de Paris, le 3 août 1950. Après presque deux ans d'instruction, une dizaine de prévenus avaient été ramenés à six, qui attendaient le verdict d'un procès unique.

Les Alliés, en Allemagne, avaient relâché tous leurs prisonniers liés aux spoliations ; leur collaboration pour retrouver les œuvres avait joué en leur faveur. Hofer en savait quelque chose. Celui-ci faisait partie des accusés mais, blanchi par l'épuration, il avait repris son activité de marchand d'art à Munich et n'avait pas été extradé. Dans le box figuraient Robert Scholz, Gerhard Utikal et Georg Ebert, trois des nombreux directeurs qui s'étaient succédé à l'ERR à Paris et à Berlin ; Arthur Pfannstiel, un historien d'art qui avait joué un rôle de rabatteur et de traducteur ; et Bruno Lohse, toujours détenu depuis son arrestation à Füssen.

Il avait été incarcéré à Nuremberg avant d'être extradé à Paris dès 1948, d'abord à la prison du Cherche-Midi puis à Fresnes, où il s'était plaint de ses mauvaises conditions de détention. Parmi les destinataires de ses nombreux appels à l'aide figuraient trois « Monuments Men » américains : Theodore Rousseau, Lane Faison et James Plaut, manipulés au point d'avoir perdu toute lucidité sur le personnage.

Voir Goering jugé à Nuremberg avait été une étape nécessaire, vécue derrière la vitre d'une salle de presse. Cette fois, Rose avait pris une grande part à l'accusation. Les magistrats militaires n'avaient qu'une idée générale de l'organisation des spoliations, ils ignoraient la place réelle de celles-ci dans la persécution et l'extermination des Juifs, leur nature implicite de crime contre l'humanité. Rose, elle, en savait bien plus que le dossier de procédure. Elle avait préparé un rapport complet sur l'ERR, avec une liste de 75 noms, ceux des différents acteurs du pillage qu'elle accabla, même absents ou morts. Elle avait fait de nombreux allers-retours entre Baden-Baden et Paris pour accompagner le juge Harlin dans ses interrogatoires, et signer une dizaine de dépositions. Plus que tout autre, Lohse devait payer.

Rose fut le principal témoin des pillages au procès. À la barre, face à Lohse, elle détailla, sans ciller ni trembler alors qu'il la fixait, ses responsabilités, ses trafics. Et sa conviction qu'il s'était enrichi au passage, en rachetant des tableaux à bas prix. Américains et Français en Allemagne se doutaient que Lohse avait caché ses vols quelque part, enterrés, ou enfouis dans des caves. Mais sur ces points, l'épais dossier de Rose manquait de preuves.

Le juge d'instruction avait récupéré des témoignages utilisés au procès de Nuremberg, notamment celui de Gustav Rochlitz, accablant pour Lohse et Hofer. L'accusation présenta une note de Lohse adressée à Jean-François Lefranc, le marchand parisien qui l'avait mis sur la piste de la collection Schloss, et qui lui avait proposé de dénicher d'autres biens juifs contre une commission. Dans sa lettre, Lohse suggérait de rémunérer d'autres dénonciateurs comme lui : « Ces Français sont après tout des traîtres envers leur pays, et un traître veut être payé », avait-il écrit.

Au moment de se défendre, l'intéressé leva le menton. Il niait l'essentiel et minimisait le reste. Suivant la défense classique des nazis, il prétendit avoir obéi aux ordres et accompli honnêtement son travail. Il n'aurait été qu'un simple historien de l'art, qui se bornait à établir des listes, et il aurait agi avec réticence, voire horreur. Il avoua tout juste avoir récupéré des meubles abandonnés par des familles juives pour équiper son appartement parisien. Le suicide de von Behr l'arrangeait : il mit tout ce qu'on lui reprochait sur le dos de son ancien chef. Il confirma que von Behr avait eu l'intention de se débarrasser de Rose, mais que lui, Lohse, l'en avait empêché à temps ! Enfin, il démentit toute dimension idéologique aux pillages qu'on l'avait forcé de superviser.

Le dossier de Hofer paraissait plus compromettant. Dans ses déclarations, il avait réduit son rôle à celui d'expert, et nia avoir opéré la moindre transaction pour Goering. Heureusement pour lui, le registre détaillé des collections de Goering, où son nom apparaissait dans plus de 300 acquisitions, restait enfoui dans un carton. Hofer écarta avec dédain toute complicité avec Lohse ou von Behr. D'ailleurs, précisa-t-il, le national-socialisme ne lui avait jamais inspiré la moindre sympathie.

Les juges militaires, qui connaissaient mal le monde de l'art et encore moins ce qu'il était devenu pendant la guerre, se laissèrent convaincre par la défense. Ils prirent en considération la cinquantaine de lettres de recommandation réunies par Lohse, signées de marchands collaborationnistes, d'anciens complices et collègues nazis, pointant sa moralité, arguant qu'il avait même aidé à sauver des Juifs de la déportation ! L'ex-ambassadeur Otto Abetz, extrait de la prison de Fresnes, prit également le parti de Lohse. Le talent des avocats de ce dernier, dont le Français Albert Naud, qui avait déjà défendu Pierre Laval et Céline, fit le reste.

Après trois jours d'audience, le verdict tomba. La plupart des accusés écopèrent de peines de prison légères. Hofer fut condamné par contumace à dix ans de travaux forcés, peine qu'il ne purgea jamais.

Lohse, lui, fut acquitté.

Rose s'étrangla. La clémence avait succédé à l'épuration. Le tribunal de Nuremberg avait coupé les dernières têtes du nazisme et les pilleurs matériels ne pouvaient être comparés aux meurtriers de la Shoah. Elle le savait. mais fermer les yeux, innocenter ? Il suffisait donc aux barbares, quel que soit leur degré de malfaisance, de plaider l'obéissance aux ordres ? Utikal, longtemps considéré par les magistrats comme la cheville ouvrière des pillages, et dont l'antisémitisme éclatait dans toutes les pièces présentées, fut également acquitté.

Les accusés furent priés de prendre la parole en guise de conclusion. Seul Lohse souhaita s'exprimer. Il se leva et dit : « Je suis conscient d'avoir bien servi mon pays et de n'avoir rien fait contre son honneur. »

Puis il sortit de la salle, triomphant, libre. Les cinq ans qu'il venait de passer en prison avaient suffi aux yeux des juges : cinq ans qui avaient aussi suffi à changer l'air du temps, son jugement et sa sentence. Dans l'Allemagne du chancelier Adenauer, le dandy SS du Jeu de Paume fut dénazifié. Il retrouva ses associés crapuleux, impunis comme lui, pour se relancer dans le commerce de l'art à Munich, où il vécut une longue vie paisible et lucrative.

À sa mort, en 2007, on ouvrit un coffre qu'il louait dans une banque de Zurich. Il contenait quatorze tableaux de maîtres. Des toiles de Pissarro, Monet, Dürer, Renoir, Kokoschka, Sisley, de provenance inconnue. Grâce à la couverture d'une fondation créée au Liechtenstein, Bruno Lohse avait continué à vendre des œuvres spoliées.

Trouver sa place, encore

Le 4 juin 1952, un arrêté du Parlement nomma Rose Valland conservateur des Musées nationaux. Elle avait 53 ans.

Cette nomination, elle l'avait si longtemps attendue qu'elle lui parut anachronique, ou adressée à une autre, un homonyme. Ce titre l'avait fait rêver, avant la guerre, d'une carrière dans les lieux qu'elle aimait entre tous, entourée d'images, d'artistes, embrassant les avant-gardes, étudiant les arcanes de la création pour la partager. Elle aurait eu un petit bureau encombré de livres, qui aurait senti le bois ciré, où fumeraient son thé et son cendrier. Un peu comme celui de Jacques Jaujard, où elle s'était reposé les yeux des envahissants uniformes vert-de-gris.

Mais non, cette Rose Valland là n'avait pas existé. Celle qui, à la place, avait récupéré 61 233 œuvres d'art en Allemagne et en Autriche, et en avait rendu 45 441 à leurs propriétaires, ne se voyait plus tout à fait comme une conservatrice ordinaire, ce que l'on n'attendait d'ailleurs pas d'elle. Lorsqu'elle rentra à Paris le 3 avril 1953, elle rapportait un trousseau modeste : trois paires de chaussures, des pantoufles, deux costumes gris, un sac marron. Pour exporter deux saladiers en demi-cristal et une descente de lit tissée, elle signa une attestation de propriété, faute d'avoir conservé les factures. Elle emporta, enfin, ses cartons d'archives.

Elle réintégra son petit appartement rue de Navarre, sa vie conjugale ignorée de tous, et les lourdeurs bureaucratiques qui l'empêchaient encore de gravir les échelons, malgré le travail accompli. Si la guerre révéla bien des héroïnes, les années 1950 n'étaient pas disposées à leur accorder une position plus méritante dans la société. Les œuvres avaient retrouvé leur place au musée ; pas Rose. Le monde muséal restait régi par des hommes, pour des hommes.

Heureusement, Jacques Jaujard n'était pas un homme ordinaire, et c'est son égale qu'il nomma chef du Service de protection des œuvres d'art, à la direction des Musées de France. Ce service minuscule, qui paraissait avoir été créé pour elle, lui permettait de maintenir son activité de récupération en collaborant avec la RFA, qui avait désormais sa propre cellule de restitutions, la TVK, et de continuer à réceptionner les réclamations de personnes spoliées. Comme Jaujard l'avait fait pour le Louvre, on confia également à Rose le soin d'élaborer des plans d'évacuation d'urgence en cas de nouveau conflit armé. En application de la convention de La Haye, elle fit établir une liste des œuvres du patrimoine national à sauver en priorité, dans les 900 musées dépendant de la direction des Musées de France. Les œuvres choisies par les conservateurs desdits musées reçurent une marque pour faciliter leur reconnaissance et leur mise en sécurité. Après les signatures des peintres, les noms des propriétaires et les croix gammées sur les tableaux qui avaient eu le malheur de plaire aux nazis, jamais on n'aura trouvé autant de symboles sur l'envers des toiles.

Rose répertoria ensuite des cachettes où les abriter, placées à proximité des musées concernés, en nombre réduit. Parmi ces abris, elle réquisitionna dix tunnels ferroviaires désaffectés. La cachette des collections de Goering à Berchtesgaden lui était restée en tête, à défaut de mines de sel…

Parfois, ses pas la menaient au Jeu de Paume, où elle aurait aimé retrouver une place. Son musée avait connu un après-guerre plus apaisé que le sien. Dès 1947, René Huyghe l'avait érigé en temple de l'impressionnisme, avec une muséographie plus moderne. Rose suivit la réfection intégrale du bâtiment, de 1954 à 1958, qui élargit ses collections au postimpressionnisme, au symbolisme, jusqu'au Douanier Rousseau. Le musée du Jeu de Paume retrouva sa vocation d'avant-guerre : offrir une introduction à l'art moderne à un large public, que l'on ne craignait pas de pervertir.

On l'interrogeait parfois sur l'étrange poste qu'elle y avait occupé, la façon dont elle s'était muée en espionne, les risques, les transmissions, les cercles malfaisants au centre desquels elle était enfermée et qu'elle avait dû côtoyer chaque jour de l'Occupation. Quelques-uns de ses collègues « Monuments Men » avaient déjà rédigé leurs témoignages, dont James Rorimer, et elle se décida à publier le sien en 1961. *Le Front de l'art* retraçait la mise en place des organismes de pillage à Paris, jusqu'à la Libération.

Dans son récit, dédié « à tous ceux qui luttèrent pendant la dernière guerre pour sauver un peu de la beauté du monde », Rose se cachait derrière les faits, avec une distance gommant le mordant dont elle était pourtant capable. Elle l'avait écrit sans esprit de revanche, même en évoquant les sinistres figures de Lohse, von Behr et Goering. Sans se donner le beau rôle non plus. La fin laissait espérer une suite, celle des récupérations en Allemagne, que l'on attendrait en vain.

Le Front de l'art trouva néanmoins ses lecteurs, jusqu'à parvenir à un producteur américain, qui fut frappé par l'épisode du train d'Aulnay. Avec ses cheminots résistants et l'improbable course-poursuite du convoi pour échapper aux Allemands, il lui trouva un potentiel dramatique digne d'un film.

Le tournage se déroula en 1964, en banlieue parisienne, sous la réalisation de John Frankenheimer, au lieu d'Arthur Penn initialement crédité. Le casting réunit des acteurs américains et français : Burt Lancaster, Jeanne Moreau, Michel Simon. *Le Train* ne rendait pas hommage à l'action de Rose, mais au courage des cheminots français qui sabotèrent leurs propres locomotives, rails et gares pour faire barrage à l'ennemi. Dans le film, drame oblige, plusieurs y laissaient la vie.

Rose fut invitée sur le tournage. Une photo la montre, vaguement ahurie, aux côtés d'une Jeanne Moreau boudeuse, qui regardait ailleurs. Elle ne se sentait pas à sa place dans ce monde de caméras, de lampes aveuglantes et de désordre affairé, qui lui semblait pourtant désagréablement familier.

Soudain, un groupe de nazis en uniforme surgit dans une salle reconstituée du Jeu de Paume, et elle se retrouva projetée vingt ans en arrière. Pendant un moment, elle oublia qu'elle était dans un décor de cinéma, entourée de figurants et d'acteurs en costume. Elle oublia que Suzanne Flon jouait son double. Elle se retrouva seule, au Jeu de Paume, encerclée par la Gestapo. Alors, elle se laissa aller à ce qu'elle s'était interdit pendant la guerre. Elle pleura. Des larmes tardives, à travers lesquelles elle chercha la sortie pour s'enfuir.

Remise de ses émotions à l'avant-première, Rose avoua franchement que bien des choses avaient été modifiées pour les besoins d'un film d'action. La scène la plus proche de ce qu'elle avait vécu était peut-être l'ouverture, où Suzanne Flon, qui joue une certaine Mlle Villard, s'entretient avec un officier allemand, incarné par Paul Scofield. Ils dialoguent dans l'équivalent de la « salle des martyrs », le 2 août 1944, admirant des Gauguin, des Renoir accrochés aux murs, alors que les Alliés approchent de la capitale. Mlle Villard remercie le colonel von Waldheim – inspiré de von Behr – d'avoir protégé ces œuvres

« dégénérées » pendant l'Occupation. L'officier reconnaît qu'il est étrange de juger ce qui est beau ou non en art... avant d'ordonner à ses soldats de tout emballer en vitesse pour l'expédier en train vers l'Allemagne.

Mlle Villard aborde ensuite les résistants des chemins de fer pour les prier d'arrêter ce convoi qui contient « l'héritage national », « la fierté de la France », en citant des noms de peintres illustres. Davantage concerné par un train bourré d'armes et de munitions, le chef de secteur et résistant Paul Labiche (Burt Lancaster) en prend finalement la responsabilité. Le reste du film déroule une course-poursuite ferroviaire, où d'astucieux moyens sont déployés pour empêcher le train de partir en Allemagne, avec force explosions. Le film attira un public nombreux, surtout aux États-Unis, qui se souvint davantage de la brève étreinte entre Burt Lancaster et Jeanne Moreau que de l'amour de Mlle Villard pour « ses » tableaux. De cette manne financière, Rose ne toucha à peu près rien.

Le Train n'était pas encore sorti qu'elle avait suggéré à Frank Davis et Franklin Coen, les deux scénaristes du film venus la rencontrer à Paris, de tirer un film sur les restitutions de l'après-guerre. Enthousiaste, Coen avait déjà un titre : « Le Trésor ». Un chaleureux échange de courriers entre Hollywood et Paris redonna à Rose l'espoir de voir un jour portée à l'écran sa véritable histoire. Mais l'industrie du cinéma étant aussi tortueuse que les dossiers où Rose était plongée, ce nouveau film ne vit jamais le jour. Il fut question, un temps, que Coen écrive un roman inspiré du *Train*, réservé au marché américain, où *Le Front de l'art* n'était pas distribué. Rose répondit : « J'accepterai de donner aux Artistes Associés l'autorisation de suppléer à mon livre par celui qu'ils envisagent de faire écrire, moyennant la somme nette de toute redevance de dix mille dollars. » Une somme modeste pour des studios américains, elle en avait conscience. Moins convaincante, l'idée s'enlisa, et on n'en parla plus.

Rose consentit toutefois à répondre à quelques demandes d'interview à la sortie du *Train*. Elle remercia l'équipe du film d'avoir « posé le problème du vol des œuvres d'art en temps de guerre devant tous les vastes publics auxquels leur film est destiné ». « Tous, reconnut-elle, ont su faire revivre de façon inoubliable le combat d'un peuple qui luttait à la fois pour sa liberté et la défense de son génie artistique. » Le magazine *Elle* lui consacra un beau portrait, intitulé « Cette femme a sauvé un trésor », où elle apparaît sur trois photographies instantanées, parlant par gestes. Certes, la fiction avait dicté sa loi à la réalité, répétait-elle. Mais son message profond, essentiel, demeurait, même s'il n'était qu'effleuré au début : on ne vole pas l'âme d'un pays en volant sa peinture. Devant certaines critiques, elle rappela aussi qu'il avait été impossible aux courageux cheminots d'immobiliser le train pour de bon ; ils n'avaient pu empêcher non plus le dernier convoi de déportés vers Auschwitz, le 15 août 1944.

Cette mise en avant aurait dû sortir Rose de l'anonymat, faire connaître au grand public cette oubliée de l'Armée des ombres, pousser les politiques à encourager son inlassable mission de traque. C'est tout le contraire qui se produisit.

Mise à l'écart des prises de décision dans son propre secteur, elle ne tarda pas à constater le délitement de l'intérêt porté aux spoliations par l'État. En 1959, le ministère des Affaires culturelles fut créé quasiment sur mesure pour André Malraux. On pouvait espérer de ce grand connaisseur d'art, lui-même pilleur d'un temple cambodgien lorsqu'il avait 22 ans, une attention particulière au sujet qui occupait Rose. Mais l'énergie lyrique du bouillant Malraux trouva d'autres domaines où s'épanouir. En dix ans, pas un seul de ses trois cabinets ne se chargerait des spoliations, sujet en sursis qui finirait par disparaître pour de bon des conversations.

Sur une photographie prise vers 1960, André Malraux visite une exposition, escorté par trois messieurs. En arrière-plan, la tête tournée du côté opposé, Rose Valland paraît sourire à quelqu'un. Même réunis dans une pièce, ils ne regardent pas dans la même direction.

Ils avaient pourtant des points communs. Tous deux issus d'un milieu modeste, mutiques sur leur enfance. Habités par l'art et le patrimoine, désireux de les démocratiser au-delà des élites parisiennes. Obnubilés par leur travail au détriment d'une vie privée jamais évoquée. Mais l'un était autodidacte, sans diplôme, tandis que l'autre cumulait les titres académiques. L'un était un homme adoubé par de Gaulle, l'autre une femme qui ne se rallia à aucun parti politique, encore moins à un homme de pouvoir.

Elle avait admiré le général, mais le président de Gaulle lui restait aussi étranger que le seraient la guerre d'Algérie, Mai 68, Neil Armstrong sur la Lune. Elle discutait des événements de son siècle en privé, gardant ses opinions politiques pour elle, pour ne pas entraver son travail. C'est à cause de leur pouvoir de nuisance trop souvent constaté qu'elle se méfiait de ceux que l'on appelait « les puissants », voire « les grands de ce monde » : elle n'avait jamais eu besoin d'eux pour vivre. Cette indifférence, où l'orgueil n'était sans doute pas loin, ne l'a pas davantage servie que si elle s'était ouvertement ralliée à l'un d'eux. Seuls les artistes l'impressionnaient, ainsi que ceux qui les soutenaient sans imposer leur nom dans l'espoir d'une hypothétique gloire.

Elle avait dû apprécier, cependant, l'invitation de De Gaulle à Adenauer, en 1958. Pour le convaincre de venir en France, de Gaulle avait invité le chancelier chez lui, à Colombey, comme un cousin d'outre-Rhin. La bonne franquette fit plus d'effet que les ors de la République : voilà une politique que Rose approuvait. Cinq ans plus tard, le traité de l'Élysée scella la réconciliation de la France et de l'Allemagne, si chère à son cœur.

Malraux et Rose auraient peut-être pu s'entendre, eux aussi, mais l'ancien aventurier ne voyait que les femmes qu'il aurait voulu séduire. Il n'accorda donc pas un regard à la dame à l'arrière-plan, on ne daigna pas la lui présenter non plus, et il poursuivit sa visite, visage tendu derrière ses lunettes, main crispée sur la bouche.

En 1962, soucieux de soigner ses relations diplomatiques avec les États-Unis, Malraux remit la *Joconde* dans une caisse de transport pour un nouveau voyage. Direction New York, où plus de 1,5 million de visiteurs se pressèrent pour contempler le plus célèbre des sourires européens. Jackie Kennedy, flatteuse, dit à Malraux qu'il était un « homme de la Renaissance »...

Jacques Jaujard lui-même pâtit de ce décalage des pouvoirs et des ambitions. Au début, l'autre héros de la récupération fut honoré à sa mesure, en étant nommé secrétaire général de ce nouveau ministère. Par la suite, alors qu'il était prêt à prendre sa retraite, Jaujard accepta diverses charges officielles, dont l'organisation des expositions en France et à l'étranger, en collaboration avec les services du ministère. Les égards se raréfièrent alors. Malraux lui promit un poste honorifique qu'il ne lui attribua jamais, et le congédia brutalement en 1966. Jaujard mourut quelques mois plus tard.

Rose, elle, continuait de se rendre chaque jour à son petit bureau de la rue Berryer. On la trouvait un peu toquée, cette dame plongée dans les papiers du matin au soir, qui paraissait ne pas avoir d'autre vie que celle des archives. On la voyait triant, classant, sans savoir qu'elle échangeait des courriers avec ses homologues allemands, enquêtant sur les collections d'Arno Breker, sur les achats effectués pour les musées allemands et autrichiens, sur l'activité des maisons de ventes de ces pays.

Un jour d'avril 1965, Rose reçut une lettre de Jean Chatelain, directeur des Musées de France. Il l'assurait de sa reconnaissance pour son action méritoire… et la priait d'abandonner ses recherches. « Je sais ce que la notion d'une prescription des effets d'un tel drame, qu'il s'agisse des biens ou plus encore des personnes, a de choquant sur le plan moral, écrivait-il. Mais il faut bien penser non pas seulement à ceux qui ont vécu les drames d'hier, mais à ceux qui vivent maintenant et à tous ceux qui viennent derrière eux. » Alors, pour ceux-là qui rêvent « de paix et de fraternité », « pour tous ceux-là, qui sont l'avenir », il faut savoir, disait-il, « renoncer au passé ». S'il restait des œuvres majeures à restituer, alors certes, qu'elle poursuive ses enquêtes. Mais si ce n'était pas le cas… « qu'on les laisse à la disposition des vivants, ce qui n'ôte rien du respect qu'on doit aux morts ».

Parmi les biens retrouvés en Allemagne dont elle n'avait pas identifié les propriétaires ou leurs descendants, 12 463 objets furent vendus aux enchères par les Domaines nationaux, et 2 143 œuvres confiées aux Musées nationaux avec le logo MNR, pour « Musées nationaux récupération ». Celles-ci avaient été exposées de 1950 à 1954 à Compiègne pour aider à leur identification. Puis elles retournèrent dans les musées ; on en ferma la porte pour laisser l'Europe se construire sans mauvaise conscience.

Un grand nombre d'œuvres volées par Goering n'avaient toujours pas été restituées non plus. Elles furent confiées à des musées de Munich, qui en vendirent une partie. L'année suivante, des œuvres déclarées mineures furent vendues aux enchères. Les dossiers auxquels Rose avait consacré sa vie se fermaient un à un.

Avec la détermination que donnent les causes désespérées, Rose refusa d'abandonner ces tableaux en quête de leur famille, ni ces familles qui cherchaient toujours leurs biens. Elle ne consentit à prendre sa retraite, à l'âge de 70 ans, que pour consacrer tout son temps à ses recherches, en quête d'un indice, d'un nom, d'une piste, pour rendre le moindre bien à quelqu'un qui croyait avoir tout perdu. Pendant la décennie qui lui restait à vivre, elle redevint à la fois la bénévole appliquée du Jeu de Paume, la résistante discrète œuvrant dans le coin d'une pièce, et la capitaine Beaux-Arts qui paraissait soudain bien seule à vouloir « sauver un peu de la beauté du monde ».

Ces silences qui effacent les existences

À l'automne 1972, Rose reçut la croix d'officier de l'ordre du Mérite de la RFA, pour services rendus au monde des arts. Cette décoration la toucha particulièrement : son pays de cœur avait compris le soin qu'elle avait porté aux collections allemandes, au même titre qu'aux collections françaises. Elle souligna auprès du conseiller culturel allemand « le caractère nouveau et essentiel » de cette médaille : « Ne semble-t-elle pas aller au-delà de l'hostilité d'autrefois pour traduire l'évolution pacifique qui, de part et d'autre de nos frontières, nous conduit vers une Europe unie et amicale ? »

Le Train passa un soir à la télévision, suivi des « Dossiers de l'écran », où elle prit part avec fougue à un débat pour rétablir certaines vérités. Le grand public entendit parler pour la première fois de la véritable histoire des spoliations, de l'importance de la Résistance des chemins de fer. Rose était mal à l'aise sur le plateau, entre tous ces hommes qui se coupaient la parole, sous la lumière crue des projecteurs. Cette attention médiatique, qui n'avait pas réveillé l'intérêt espéré sur l'état des restitutions, la fatiguait décidément. Elle se renferma pour de bon dans son combat solitaire. On la laissait revenir à sa guise travailler rue Berryer, avec l'indulgence que l'on porte aux toquades des personnes âgées. À part Joyce, personne ne la prenait vraiment au sérieux, et son caractère devenu ombrageux lui valait des inimitiés tenaces.

Pour Joyce, la retraite au contraire fut synonyme de jeunesse retrouvée, puisqu'elle redevint étudiante : passionnée d'Antiquité, elle se lança dans des études hellénistiques poussées, jusqu'à une thèse de doctorat consacrée au géographe et voyageur Pausanias. Rose et elle adoraient voyager en Europe, et se réjouissaient de retourner en Grèce pour agrémenter ses recherches. Et puis, des migraines tenaces et des étourdissements commencèrent à ralentir le travail de Joyce, à repousser les déplacements. On consulta un médecin, qui recommanda d'autres examens. Le jour des résultats, dans une salle blanche comme une morgue, retentirent des mots d'une dureté absolue.

La tumeur, incurable, avait commencé à attaquer l'équilibre et la mémoire de Joyce, sa démarche assurée et sa culture sans limites. Des mois passèrent où une rémission semblait possible, où Joyce retrouvait son éclat et ses rires ; elle fêta ses 60 ans, avant de se diluer dans une apathie progressive. Un jour, elle fut incapable de se lever, et ne sembla pas s'en apercevoir. Rose la conduisit à la Pitié-Salpêtrière, avant de rentrer seule rue de Navarre.

Elle revenait chaque jour lui faire la lecture, discuter comme à l'accoutumée, élaborer des projets, gardant la douleur derrière la porte. Joyce était trop faible pour soutenir sa thèse, et son directeur, Fernand Robert, vint à son chevet lui annoncer que le jury lui avait décerné le titre de docteur. Elle était presque inconsciente, mais une pression de la main lui signifia qu'elle avait entendu. Comme elle tenait à laisser une trace écrite derrière elle, Rose promit de publier *La Personnalité de Pausanias* à compte d'auteur. Fernand Robert en signerait la préface, où il soulignerait avec tact le lien qui unissait les deux femmes, tenu secret pendant tant d'années.

Lorsque la fin approcha, Robert, le frère de Joyce, et sa femme Vicky se rendirent à l'hôpital et restèrent un long moment près d'elle. En partant, ils assurèrent Rose de leur amitié. Si peu de gens en avaient dit autant, au cours de leurs trente-cinq années de vie commune.

Les rayons pâles de Joyce s'éteignirent un soir d'août 1977, et un froid terrible s'empara de Rose.

Elle fit transporter le corps à Saint-Étienne-de-Saint-Geoirs, pour l'enterrer dans son caveau familial. Son nom fut gravé juste en dessous de celui de son cousin Adrien, précédé de son titre de docteur. Elle n'aurait jamais imaginé que ce nom apparaîtrait sur la pierre froide avant le sien. Après toute une vie à garder Joyce hors de son village, Rose l'y accueillait pour toujours.

Privée de lumière, Rose sombra à son tour dans l'apathie, mais de cela, elle non plus ne s'aperçut pas.

La voyant avancer en âge, des personnes bien intentionnées lui recommandèrent de confier ses archives à un organisme spécialisé. Elle répondit que la direction des Musées de France considérait ces archives « comme un élément étranger et, de ce fait, ne les intégre[rait] pas dans ses collections ». Le ministère des Affaires étrangères estima de son côté qu'elles devraient être envoyées aux Archives de l'Occupation à Colmar, le temps de leur faire de la place. Mais Rose se souvint de ses notes du Jeu de Paume, et insista pour qu'elles soient « recueillies d'urgence dans un dépôt public, sinon elles risqu[ai]ent d'être abandonnées et de subir des pertes irrémédiables ». Elle remit finalement toutes ses archives à la direction des Musées. Dans ce millier de cartons dormait encore le catalogue des collections de Goering.

Exceptionnellement, elle ouvrit sa porte à un reporter du *Dauphiné libéré* qui la trouva dans un bon jour, charmé par cette dame « coquettement maquillée », « d'une étonnante jeunesse malgré ses 80 ans », qui « s'enflamm[ait] » dès qu'elle parlait du Jeu de Paume. Elle retraça pour lui ses attaches dauphinoises, ses faits de guerre, son amour de l'art, en tempérant son héroïsme : c'était si loin, tout ça, alors que « ça » n'avait jamais pris fin pour elle.

Retranchée du monde, elle travailla jusqu'à ce qu'un malaise la conduise dans une maison de convalescence à Ris-Orangis, où elle décéda le

18 septembre 1980. Elle laissait un dernier secret : une note récente indiquant que « la mission de Rose Valland à la direction des Musées de France [était] une nouvelle fois reconduite », sans préciser laquelle.

Le 22 septembre, dans le cimetière désert de Saint-Étienne-de-Saint-Geoirs, son enterrement passa presque inaperçu. La famille qui lui restait, quelques villageois et le maire baissèrent la tête devant sa tombe. Aucun représentant de l'État n'assista aux obsèques de l'une des femmes les plus décorées de France, officier de la Légion d'honneur, commandeur des Arts et des Lettres, médaillée de la Résistance, titulaire de la Medal of Freedom et officier de l'ordre du Mérite de la RFA.

Le ministre de la Culture alors en poste, Jean-Philippe Lecat, ne se manifesta pas. Et pour cause : personne ne l'avait informé du décès de Rose Valland. Pas même Hubert Landais, le directeur des Musées de France, qu'il tenait pourtant pour « un homme sensible et attentif ». Jean-Philippe Lecat apprendrait bien après, atterré, ce rendez-vous manqué. « Comment la République était-elle absente au dernier adieu à celle qui en avait servi, avec courage et efficacité, les valeurs ? Je ne me l'explique pas », écrivit-il presque vingt ans plus tard à l'association La Mémoire de Rose Valland. L'ancien ministre fit preuve de contrition : « Il y a là une leçon d'humilité que j'assume. L'État est trop souvent sourd et aveugle. Il est vrai que Rose Valland ne servait pas l'État, mais une idée qui le dépasse. »

Un hommage officiel lui fut rendu de justesse le 16 octobre aux Invalides, auquel assistèrent cette fois Hubert Landais, des conservateurs, et surtout de nombreux gardiens de musée, dont la complicité avait tant aidé Rose au Jeu de Paume. Si elle avait pu assister à ses propres obsèques, elle se serait plus volontiers assise avec eux, laissant devant les conservateurs prendre la lumière, dans son noble rôle de gardienne des arts.

Une autre personne présente l'avait bien compris. La conservatrice Magdeleine Hours, qui avait participé à l'exode des œuvres du Louvre, écrira plus tard dans ses Mémoires : « Cette femme, qui avait risqué sa vie si souvent et avec tant de constance, qui avait honoré le corps des conservateurs et sauvé les biens d'un grand nombre de collectionneurs, eut droit à l'indifférence, quand ce ne fut pas l'hostilité de beaucoup. La reconnaissance n'existe pas et la grandeur dérange dans ce milieu où l'élégance est plus affaire de goût et de formes qu'affaire de cœur. L'histoire de Rose Valland en est bien l'illustration décevante. »

Le secret absolu dans lequel elle avait cadenassé sa vie et son action a effacé plus que son nom. L'existence de Rose Valland, criblée de béances, comporte un gouffre qui relève de la magie noire. Il n'existe aucune image animée d'elle. Aucun film, aucune vidéo amateur, aucun extrait de documentaire, aucune apparition, même floutée, fugitive, hors champ ou accidentelle, sur aucune pellicule. Traverser presque tout le XXe siècle sans se laisser capter par une caméra est un tour de force qu'elle a réussi, à supposer qu'elle l'ait souhaité.

Son passage aux « Dossiers de l'écran » n'a été conservé nulle part. Il n'existe qu'un enregistrement audio du débat, difficilement transcrit. Les archives sonores sont à peine plus fournies : quelques bribes d'interviews à la radio, une poignée de minutes où son ton professoral amuse, émeut plus pour sa rareté que pour son contenu.

Disparu, aussi, le manuscrit de la suite du *Front de l'art*. Parce qu'elle en aurait trop dit sur l'après-1945, sur les premières restitutions. En réponse à ses demandes d'autorisations, elle aurait reçu des menaces. La guerre, c'était une chose, mais des noms occupant désormais des postes importants ne devaient pas apparaître dans un récit qu'on supposait sans ambiguïtés.

Disparue, enfin, l'abondante correspondance échangée avec Joyce. Les années allemandes avaient nourri des lettres qu'on imagine riches de portraits et de souvenirs saisissants, d'avis tranchés et d'espoirs profonds, et où résonnait sûrement sa voix véritable. Ses missives régulières échangées avec sa cousine Marguerite prouvaient son souci d'autrui, son affection profonde pour les siens, en révélant ses fatigues et lassitudes à la fin de sa vie. Mais à qui d'autre que Joyce aurait-elle pu tout dire ? Sans leurs lettres, bien des sentiments qui habitaient Rose restent des conjectures, laissant l'impression faussée d'une austère justicière.

En 2022, il restait 2 143 œuvres estampillées MNR en France. Et encore plus d'œuvres sans étiquette, disparues elles aussi, cachées dans des salons privés, des coffres bancaires, ou circulant dans les circuits obscurs d'un marché de l'art parallèle.

Mais comme ces tableaux qui réapparaissent parfois, bien des années plus tard, dans des lieux insoupçonnables, des secrets sortent encore des limbes de l'histoire. Des hommes et des femmes continuent de consacrer leur vie à retrouver, et à restituer, ces œuvres arrachées par la violence à leurs propriétaires, à réparer des torts que personne n'a oubliés. Et à perpétuer ainsi ce geste simple pour lequel Rose Valland s'est battue jusqu'au bout : ramener un tableau chez lui, le raccrocher au mur de ceux qui l'ont aimé, et le contempler, l'âme en paix.

Postface

Le pillage et la spoliation d'objets d'art appartenant aux familles juives, d'hier à aujourd'hui

Le pillage et la spoliation des biens culturels ont été un rouage important de la Shoah. Aujourd'hui encore, il apparaît nécessaire de marteler qu'ils ont été un des corollaires de la politique de persécution mise en place par les ordonnances des autorités d'occupation, mais également par les lois du gouvernement de Vichy. Il est même fondamental de transmettre cette vérité à la jeune génération, bien souvent ignorante des réalités de la Seconde Guerre mondiale. Pour cela, il faut expliciter également les origines idéologiques de la « razzia » allemande, les rivalités entre les divers services, le rôle de l'ambassade du Reich à Paris, l'action du Service de protection des œuvres d'art sous la direction du comte Franz von Wolff-Metternich[1], et l'action de l'Einsatzstab Reichsleiter Rosenberg[2], organe officiel d'exécution des pillages.

Dès l'immédiat après-guerre, Isaac Schneersohn[3], président du Centre de documentation juive contemporaine, soutenait dans l'avant-propos d'un des tout premiers recueils de documents dédiés au « pillage par les Allemands des œuvres d'art et des bibliothèques appartenant à des Juifs en France », que le moment était venu selon lui « de projeter quelque lumière sur un aspect moins connu [du nazisme] et de son irrémissible forfaiture [...] celle consistant à s'emparer – sous le couvert d'idéologie anti-juive – de tout ce qui lui tombait entre les mains du patrimoine artistique français. Nous savons maintenant que, d'un bout à l'autre du pays, ce fut un lacis d'intrigues et de basses manœuvres, par lesquelles les plus redoutables des meneurs du national-socialisme se défièrent et s'affrontèrent dans une lutte sournoise et tenace pour la possession de telle toile célèbre ; de tel bronze de prix.

1. Franz von Wolff-Metternich (1893-1978), responsable du Kunstschutz (Service de protection des œuvres d'art) en France occupée de 1940 à 1942.

2. Équipe d'intervention dirigée depuis Berlin par l'idéologue du IIIe Reich Alfred Rosenberg (1893-1946). Le sigle ERR est couramment utilisé dans la littérature spécialisée.

3. Isaac Schneersohn (1881-1969), industriel d'origine russe, réunit dans la clandestinité une quarantaine de responsables de la communauté juive afin de créer un important fonds d'archives. Les pièces de ce fonds seront produites et particulièrement précieuses lors des séances du procès de Nuremberg.

Mais toujours en s'ingéniant à sauver la face. Ne s'agissait-il pas de proclamer tout haut les droits légitimes et imprescriptibles du grand Reich victorieux, tout en acheminant vers les cachettes allemandes – chacun vers la sienne, bien entendu – autant que l'on pouvait des objets d'art français ? Et plus particulièrement, parce que l'excuse était plus plausible et l'impunité mieux garantie, ceux appartenant à des Juifs[4] ? »

Ledit ouvrage, dont l'intérêt dépassait le cercle limité des spécialistes de l'art, abordait sans détour la délicate question de la spoliation, du pillage des œuvres d'art, mais aussi celle du pillage des bibliothèques, appartenant principalement aux familles juives déchues, pour la plupart d'entre elles, de leur nationalité française par les lois iniques du gouvernement de Vichy. La somme livrait, en s'appuyant avec force sur les documents d'archives, quelques traits saillants de la plus vaste campagne de vols d'objets culturels commise par l'Allemagne hitlérienne. Fondamental, le rôle de la spoliation dans le processus conduisant à l'élimination des Juifs d'Europe était rappelé vigoureusement.

Si le contexte historique était particulièrement bien retracé, permettant d'appréhender l'ampleur

4. Extrait de l'avant-propos écrit par Isaac Schneersohn, président du Centre de la documentation juive contemporaine, *Le Pillage par les Allemands des œuvres d'art et des bibliothèques appartenant à des Juifs en France*, recueil et documents publiés sous la direction de Jean Cassou, conservateur en chef du musée d'Art moderne, CDJC, Paris, 1947.

des confiscations artistiques, seules deux courtes phrases évoquaient, dans le domaine qui nous intéresse, l'action méritoire de Rose Valland. En ce sens, sous la plume du directeur de la publication, Jean Cassou[5], on pouvait lire : « Je pense, par exemple, à cette courageuse attachée du musée du Jeu de Paume, Melle Rose Valland qui, fort scrupuleusement, tenait registre de chaque vol et de la destination de chaque objet volé. Le moment venu, son travail obscur est apparu infiniment précieux à la remise des choses dans leur vérité[6]. »

Une histoire inachevée

Qu'au lendemain de la Seconde Guerre mondiale, le rôle de la « Dame du Jeu de Paume » ait été minimisé ne nous étonne guère. En revanche, ce qui nous laisse pantois, c'est que sa participation ait été subtilement gommée dans l'histoire inachevée des restitutions des biens culturels des victimes

---

5. Jean Cassou (1897-1986), chargé de mission pour les questions de beaux-arts au cabinet du ministre Jean Zay puis inspecteur des Monuments historiques, est nommé le 30 janvier 1938 conservateur adjoint du musée national du Luxembourg, puis le 1er août 1940, conservateur du musée national d'Art moderne. Jean Cassou est révoqué de son poste le 27 septembre 1940 par le gouvernement de Vichy. Détenu du 12 décembre 1941 au 18 juin 1943 au camp d'internement de Saint-Sulpice-la-Pointe, dans le Tarn, il est nommé compagnon de la Libération. Réintégré dans ses fonctions le 1er octobre 1945, il est nommé en août 1946 conservateur en chef du musée national d'Art moderne.

6. Extrait de la préface confiée à Jean Cassou, *Le Pillage par les Allemands des œuvres d'art et des bibliothèques appartenant à des Juifs en France*, *op. cit.*, p. 15.

des pillages et des spoliations intervenus en application des législations antisémites en vigueur pendant l'Occupation. Rose Valland, alors de retour d'Allemagne, après une dizaine d'années passées à rechercher la trace des œuvres spoliées du patrimoine artistique français, participe, en toute légitimité, à la Commission de récupération artistique créée dès 1944. La Commission, active jusqu'au 31 décembre 1949, rapatria quelque 61 233 objets culturels dont plus de 45 441 furent rendus, suite aux demandes en revendication des victimes ou de leurs héritiers directs. L'administration des Domaines se chargea de vendre aux enchères le reliquat des œuvres récupérées d'Allemagne (12 463)[7]. Quant aux 2 143 œuvres sélectionnées par des commissions de choix, elles furent confiées à la garde des Musées nationaux entre 1954 et 1996, sous le sigle MNR, pour « Musées nationaux récupération ». Les années soixante, soixante-dix et quatre-vingt évacuèrent le sujet de la confiscation du patrimoine artistique privé.

Un tournant de la mémoire

Il faut attendre le tournant historiographique du mitan des années 1990 et, plus précisément, le 16 juillet 1995. À l'occasion de la commémoration

7. En l'absence des archives des Domaines, il est impossible d'établir précisément les transferts de propriétés des biens vendus par le Service central des ventes domaniales. Or, parmi les lots soumis au feu des enchères, un nombre important d'entre eux étaient assurément des biens spoliés principalement aux familles juives.

du cinquante-troisième anniversaire de la rafle du Vél'd'Hiv, Jacques Chirac, alors président de la République, convint officiellement de la responsabilité du gouvernement de Vichy dans la déportation des Juifs de France. Ce changement de positionnement mémoriel entraîna d'importantes conséquences. La question des biens culturels spoliés par les nazis et le gouvernement de Vichy devint alors objet de débats.

En 1993, l'historienne Laurence Bertrand Dorléac fut l'une des premières à montrer, dans son ouvrage *L'Art de la défaite, 1940-1944*[8], l'ampleur des transferts de propriété d'objets d'art pendant l'Occupation. Dans cette veine, la publication en français, en 1995, de l'étude de l'historienne américaine Lynn H. Nicholas, sous le titre *Le Pillage de l'Europe*[9], apportait une vision européenne sur le sujet, en confrontant la situation de la France à celle d'un autre pays occupé, plus particulièrement le cas des Pays-Bas. Hector Feliciano, journaliste portoricain, publiait en 1995 une enquête[10] minutieuse sur ce sujet en retraçant l'histoire des pillages et des spoliations des collections Bernheim-Jeune, David-Weill, Rosenberg ou encore celles appartenant aux familles Rothschild.

Les Musées de France, attaqués sur la gestion des œuvres siglées MNR, organisèrent un colloque sous

---

8. Laurence Bertrand Dorléac, *L'Art de la défaite, 1940-1944*, Seuil, Paris, 1993.

9. Lynn H. Nicholas, *The Rape of Europa*, Knopf, New York, 1994 ; *Le Pillage de l'Europe*, Le Seuil, Paris, 1995.

10. Hector Feliciano, *Le Musée disparu*, Austral, Paris, 1995.

la direction de Françoise Cachin[11] le 17 novembre 1996, à l'amphithéâtre Rohan de l'École du Louvre. L'une des conséquences concrètes de la prise de position du président de la République, Jacques Chirac, saluée au-delà des clivages politiques par Robert Badinter, fut la création, le 25 janvier 1997, d'une mission d'étude, sous l'autorité du résistant Jean Mattéoli, sur « les conditions dans lesquelles des biens, immobiliers et mobiliers, appartenant aux Juifs de France ont été confisqués ou, d'une manière générale, acquis par fraude, violence ou dol, tant par l'occupant que par les autorités de Vichy entre 1940 et 1944[12] ». En 2008, dans la suite des conclusions de la mission Mattéoli, la direction des Musées de France organisa une présentation des MNR, tout d'abord au musée d'Israël à Jérusalem sous le titre « Looking for Owners », du 19 février au 3 juin 2008, puis au musée d'Art et d'Histoire du judaïsme à Paris sous le titre « À qui appartenaient ces tableaux ? », du 24 juin au 28 septembre 2008.

Un élan de l'État

En mars 2013, sous l'impulsion d'une mission d'information de la Commission de la culture, de l'éducation et de la communication du Sénat, Aurélie

---

11. Françoise Cachin (1936-2011), historienne de l'art, spécialiste de l'impressionnisme, fut directrice du musée d'Orsay de 1986 à 1994 et directrice des Musées de France de 1994 à 2001.

12. Lettre de mission signée du Premier ministre Alain Juppé en date du 5 février 1997 à destination de Jean Mattéoli, président du Conseil économique et social.

Filippetti, ministre de la Culture et de la Communication, décidait d'une démarche afin de ne plus attendre passivement les réclamations des ayants droit. Un groupe de travail chercha à retracer la provenance d'un corpus d'œuvres, signalées MNR, au sujet desquelles les suspicions de spoliation lui semblaient importantes. Cette nouvelle attitude reflétait une action plus volontariste du ministère de la Culture, laissant augurer des progrès dans l'engagement de l'État en faveur des restitutions d'œuvres spoliées suivant les principes de la déclaration de Washington de 1998[13], comme ceux de la déclaration de Terezín de 2009[14]. Dès février 2016, Audrey Azoulay, nouvellement nommée ministre de la Culture et de la Communication, réaffirmait l'enjeu moral des restitutions. Au printemps 2018, un haut fonctionnaire et un sénateur publièrent deux rapports, provoquant un élan nouveau. Le premier[15], écrit par David Zivie, conseiller chargé du patrimoine et de l'architecture auprès du ministère de la Culture, dressait un état des lieux de la

13. En décembre 1998, à Washington, 44 États et 13 ONG se retrouvaient autour d'une déclaration qui déterminait les règles de restitution des biens culturels volés par les nazis.

14. Quarante-six pays signent en juin 2009 à Prague l'engagement moral de poursuivre le processus de réparation des spoliations subies par les Juifs sous le régime nazi.

15. David Zivie, « *Des traces subsistent dans les registres…* ». *Biens culturels spoliés pendant la Seconde Guerre mondiale : une ambition pour rechercher, retrouver, restituer et expliquer*, mission sur le traitement des œuvres et biens culturels ayant fait l'objet de spoliations pendant la Seconde Guerre mondiale, février 2018.

gestion des biens spoliés présents dans les institutions culturelles. Remis en mars 2018 à Françoise Nyssen, ministre de la Culture, le rapport appelait de ses vœux certaines évolutions dont une nécessaire amélioration du dispositif actuel de recherche de la provenance des biens culturels issus de la récupération artistique. En ce sens, en avril 2019 fut créée par arrêté du ministre de la Culture la Mission de recherche et de restitution des biens culturels spoliés entre 1933 et 1945. *Last but not least*, les recherches de provenance furent étendues aux acquisitions des institutions muséales entre 1933 et 1945.

Restituer aujourd'hui : les enjeux

La restitution des biens mal acquis pendant la période de l'Occupation se heurtait au principe d'inaliénabilité des collections publiques des Musées de France. Or, seule une loi peut permettre le déclassement d'un bien culturel inscrit sur les inventaires des collections nationales. En ce sens, en janvier 2023, lors de la présentation des vœux au secteur culturel de l'actuelle ministre de la Culture, Rima Abdul-Malak, promesse a été faite de soumettre au vote du Parlement un projet de loi-cadre sur les restitutions des biens spoliés aux familles juives relevant de la domanialité publique.

À la recherche de la vérité

Les œuvres d'art sont certes une part minime des biens saisis. Elles bénéficient d'un statut privilégié, en focalisant l'attention de l'opinion publique ; leur restitution passionne le grand public et la jeune génération. En témoigne l'ouvrage que nous propose Jennifer Lesieur. Quelque quatre-vingts années après les faits, l'autrice fait œuvre d'historienne. Seule la recherche de la vérité anime son travail littéraire, et pour ce faire, elle traque les indices dans les fonds d'archives publiques. Elle consulte les fonds de la spoliation, les fonds de l'administration des Beaux-Arts aux Archives nationales sur le site de Pierrefitte-sur-Seine. Elle se rend au Centre des archives diplomatiques du ministère des Affaires étrangères, à La Courneuve, où elle dépouille des dossiers de la Récupération artistique. Elle questionne les ressources du Centre d'histoire de la Résistance et de la Déportation à Lyon. Elle exploite enfin le fonds inédit de Maurice Galliard-Frédéric Destremau, déposé nouvellement au musée de la Résistance et de la Déportation de l'Isère à Grenoble. Pour mieux cerner la personnalité de Rose Valland, Jennifer Lesieur contacte l'association La Mémoire de Rose Valland, rencontre la présidente Jacqueline Barthalay et obtient l'accord de la petite-cousine de Rose Valland, Christine Vernay, pour raconter son destin héroïque. Elle enquête également sur l'entourage de Rose Valland. Elle se rend à Munich et à Füssen sur les traces du « capitaine Beaux-Arts » et de ses homologues américains ; puis à Torquay, en Angleterre, où elle rencontre les neveux de Joyce Heer, compagne de Rose Valland.

Jennifer Lesieur regarde l'histoire en face, en ambitionnant d'éclairer un double processus historique :

celui, d'abord, de la spoliation et du pillage dont firent l'objet des biens appartenant aux familles juives de France pendant l'Occupation ; mais également celui de la restitution et de l'indemnisation dont ils firent ou non l'objet. Sous la belle plume de Jennifer Lesieur, le moment semble venu de rendre un hommage fidèle et appuyé à Rose Valland et d'affronter avec lucidité et courage la dette inépuisable qui est la nôtre à son égard.

Emmanuelle Polack,
historienne de l'art

Sources

OUVRAGES PRINCIPAUX

Corinne Bouchoux : « *Si les tableaux pouvaient parler…* », Presses universitaires de Rennes, 2013

Fabrizio Calvi, Marc J. Masurovsky : *Le Festin du Reich. Le Pillage de la France occupée, 1940-1945*, Fayard, 2006

Jean Cassou : *Le Pillage par les Allemands des œuvres d'art et des bibliothèques appartenant à des Juifs en France*, Centre de documentation juive contemporaine, 1947

Collectif : *Sauver un peu de la beauté du monde*, Chambord, 2021

Collectif : *Pillages et restitutions. Le Destin des œuvres d'art sorties de France pendant la Seconde Guerre mondiale*, Biro, 1997

Frédéric Destremau : *Rose Valland. Résistante pour l'art*, Conservation du patrimoine en Isère-Musée dauphinois, 2008

Jean-Marc Dreyfus, les Archives diplomatiques : *Le Catalogue Goering*, Flammarion, 2015

Robert M. Edsel : *Monuments Men*, Gallimard, 2014

Hector Feliciano : *Le Musée disparu*, Austral, 1995

Guillaume Fonkenell : *Le Louvre pendant la guerre. Regards photographiques*, Le Passage/Musée du Louvre Éditions, 2009

Sarah Gensburger : *Images d'un pillage*, Textuel, 2010

Nathaniel Herzberg : *Le Musée invisible. Les Chefs-d'œuvre volés*, Éditions du Toucan, 2009

Magdeleine Hours : *Une vie au Louvre*, Robert Laffont, 1987

Ophélie Jouan : *Rose Valland, une vie à l'œuvre*, Patrimoine en Isère/Musée de la Résistance et de la Déportation de l'Isère/Maison des Droits de l'homme, 2019

Isabelle Le Masne de Chermont, Didier Schulmann : *Le Pillage de l'art en France pendant l'Occupation et la situation des 2 000 œuvres confiées aux Musées nationaux*, La Documentation française, 2000

Melissa Müller, Monica Tatzkow, Marc Masurovsky : *Œuvres volées, destins brisés. L'Histoire des collections juives pillées par les nazis*, Beaux-Arts, 2013

Lynn H. Nicholas : *Le Pillage de l'Europe*, Seuil, 1995

Jonathan Petropoulos : *Göring's Man in Paris : The story of a Nazi Art Plunderer and His World*, Yale University Press, 2021

Emmanuelle Polack : *Le Marché de l'art sous l'Occupation, 1940-1944*, Tallandier, 2019

Emmanuelle Polack, Philippe Dagen : *Les Carnets de Rose Valland*, Fage Éditions, 2019

Emmanuelle Polack, Catel, Claire Bouilhac : *Capitaine Beaux-Arts*, Dupuis 2009

Emmanuelle Polack, Emmanuel Cerisier : *Rose Valland, l'espionne du musée du Jeu de Paume*, Gulf Stream, 2009

Michel Rayssac : *L'Exode des musées*, Payot, 2007
James Rorimer : *Monuments Man : The Mission to Save Vermeers, Rembrandts and Da Vincis from the Nazis' Grasp*, Rizzoli Electa, 2022
Anne Sinclair : *21, rue La Boétie*, Grasset, 2012
Rose Valland : *Le Front de l'art*, RMN, 1997
Willem de Vries : *Commando Musik*, Buchet-Chastel, 2019

CONTEXTE HISTORIQUE

Eric Alary, Bénédicte Vergez-Chaignon : *Dictionnaire de la France sous l'Occupation,* Larousse, 2011
Fabrice d'Almeida : *La Vie mondaine sous le nazisme*, Perrin, 2006
Olivier Barrot : *La Vie culturelle dans la France occupée*, Gallimard, 2009
Antony Beevor : *La Seconde Guerre mondiale*, Calmann-Lévy, 2012
Chroniques de la vie des Français sous l'Occupation, Larousse, 2011
Leon Goldensohn : *Les Entretiens de Nuremberg*, Flammarion, 2004
Christian Ingrao : *Croire et détruire*, Fayard, 2010
François Kersaudy : *Hermann Goering*, Perrin, 2013
François Kersaudy : *Goering, l'homme de fer*, Perrin, 2022
Ian Kershaw : *Hitler*, Flammarion, 2020
Robert Paxton : *La France de Vichy*, Seuil, 1999
Guillaume Pollack : *L'Armée du silence*, Tallandier, 2022
Anne Sebba : *Les Parisiennes*, La Librairie Vuibert, 2018
Albert Speer : *Au cœur du Troisième Reich*, Fayard, 2011

Dominique Veillon : *Paris allemand. Entre refus et soumission*, Tallandier, 2021

Bénédicte Vergez-Chaignon : *Pétain*, Perrin, 2018

ARTICLES

Jean-Marc Dreyfus, « 10 890 tableaux, 583 sculptures, 583 tapisseries, 2 477 pièces de mobiliers anciens, 5 825 pièces de porcelaine : le procès de l'ERR et du pillage des œuvres d'art, Paris, 1950 », *Histoire@Politique*, n° 35, mai-août 2018

Roger Humbert, « Rose Valland et la restitution des biens culturels », *MUSEA*, consulté le 16 novembre 2022, http://musea.fr/items/show/1758

FILMS / DOCUMENTAIRES (sélection)

L'Espionne aux tableaux, réal. Brigitte Chevet, 2015

Le Catalogue Goering, réal. Laurence Thiriat et Jean-Marc Dreyfus, 2021

Le Musée de Hitler, réal. Hannes Schuler et Jan Lorienzen, 2012

Illustre et inconnu, comment Jacques Jaujard a sauvé le Louvre, réal. Jean-Pierre Devillers et Pierre Pochard, 2014

Le Train, réal. John Frankenheimer, 1964

Monuments Men, réal. George Clooney, 2014

SITES (sélection)

https://agorha.inha.fr/

La Mission de recherche et de restitution des biens culturels spoliés entre 1933 et 1945 :

https://www.culture.gouv.fr/Nous-connaitre/Organisation-du-ministere/Le-secretariat-general/Mission-de-recherche-et-de-restitution-des-biens-culturels-spolies-entre-1933-et-1945
Le procès de Nuremberg jour par jour : https://www.unicaen.fr/recherche/mrsh/crdfed/nuremberg/sommaire.html

ARCHIVES

Archives diplomatiques du ministère des Affaires étrangères, site de La Courneuve
Archives nationales, site de Pierrefitte-sur-Seine
Archives privées de Rose Valland, fournies par l'association La Mémoire de Rose Valland et par le musée de la Résistance et de la Déportation de Grenoble

Remerciements

J'exprime ma profonde reconnaissance à Jacqueline Barthalay, présidente de l'association La Mémoire de Rose Valland, pour la bienveillance avec laquelle elle a soutenu cet ouvrage, pour les archives et les documents qu'elle m'a confiés, et pour son accueil si chaleureux à Saint-Étienne-de-Saint-Geoirs.

Je remercie également :

Christine Vernay, petite-cousine de Rose Valland, pour avoir accepté que je raconte l'histoire de son héroïque parente,

Emmanuelle Polack, pour m'avoir confié ses archives réunies tout au long d'une carrière consacrée à étudier Rose Valland, le marché de l'art pendant l'Occupation et les spoliations artistiques, et pour avoir répondu avec patience et précision à mes nombreuses questions,

Auriel et Andy Heer, neveux de Joyce Heer, pour leur accueil à Torquay et la gentillesse avec laquelle ils m'ont confié leurs souvenirs familiaux,

Serge Toubiana pour son soutien.

Merci également aux historiens et archivistes dont l'aide m'a été indispensable :

Sébastien Chauffour, conservateur en chef chargé des archives de la Récupération artistique/ZFO Allemagne Autriche 1945-1955, au Centre des archives diplomatiques du ministère des Affaires étrangères, à La Courneuve,

Pascal Riviale, aux Archives nationales, à Pierrefitte-sur-Seine,

Alice Buffet et Antoine Musy, respectivement directrice et chargé des collections du musée de la Résistance et de la Déportation de l'Isère, à Grenoble,

Olivier Cogne, directeur du Musée dauphinois, à Grenoble,

Delphine Cressent, responsable du Centre de documentation du CHRD (Centre d'histoire de la Résistance et de la déportation), à Lyon.

Merci, enfin, à mon éditrice Alice d'Andigné, qui a été à l'initiative de ce projet, et dont la confiance, la rigueur et l'enthousiasme ont surmonté bien des obstacles.

Composition et mise en pages
par Facompo Lisieux

Pour plus d'information :
www.lisez.com
Imprimé sur du papier issu de forêts gérées durablement.

CET OUVRAGE
A ÉTÉ ACHEVÉ D'IMPRIMER
SUR ROTO-PAGE
PAR L'IMPRIMERIE FLOCH
À MAYENNE EN SEPTEMBRE 2023

N° d'édition : 66470/09 – N° d'impression : 103143
Imprimé en France